QUATRO NOVELAS EXEMPLARES

A Ciganinha
Rinconete e Cortadilho
O Amante Generoso
O Licenciado Vidraça

Miguel de Cervantes

Quatro Novelas Exemplares

Miguel de Cervantes

Tradução
Nylcéa Thereza de Siqueira Pedra

1ª edição

Curitiba
2009

NOVELAS EXEMPLARES

A Ciganinha 7

Rinconete e Cortadilho..99

O Amante Generoso...145

O Licenciado Vidraça...203

A Ciganinha

Parece que os ciganos e as ciganas nasceram para ser ladrões: nascem de pais ladrões, criam-se como ladrões, estudam para ser ladrões e, finalmente, são ladrões. O desejo de roubar é deles inseparável e só acaba com a morte.

Uma desta nação, cigana velha que poderia estar aposentada pelo padrão dos ladrões, criou uma menina como se fosse sua neta. Colocou nela o nome de Preciosa e lhe ensinou todas as suas ciganices, modos de enganar e roubar. Preciosa acabou sendo a mais especial *bailaora* entre todas as ciganas. Era a mais bonita e inteligente não só entre as ciganas, mas entre todas as bonitas e inteligentes mulheres que pudessem receber esta fama. Nem o sol, nem o vento, nem todas as inclemências do céu, a que estão sujeitos os ciganos mais do que outras pessoas, puderam diminuir o brilho do seu rosto nem curtir a pele de suas mãos. Não se notava a sua educação tosca, parecia ter nascido em uma sociedade melhor que a cigana, porque era extremamente cortês e inteligente. Além disso, era desenvolta, mas não de modo que se revelasse alguma desonestidade. Era tão séria e tão honesta que em sua presença nenhuma cigana, jovem ou velha, ousava cantar músicas lascivas nem dizer palavras ofensivas. A avó se deu conta do tesouro de neta que tinha, decidiu a águia velha levar para voar a sua aguiazinha e ensinar-lhe a viver pelas unhas.

Preciosa aprendeu muitos *villancicos*, *coplas*, *seguidillas* e *zarabandas* e outros versos, especialmente romances, que cantava com especial graça. Sua astuta avó percebeu que os poucos anos e a beleza da neta, somados à graça dos seus cantares seriam grandes atrativos para aumentar sua riqueza. Procurou por todas as vias possíveis e não faltou poeta que desse a Preciosa seus poemas: existem poetas que se relacionam com os ciganos e vendem-lhes as suas obras, e também para os cegos, que fingem milagres para alimentar sua ganância. Há de tudo no mundo, e a fome faz aflorar engenhos em coisas que não estão no mapa.

Preciosa se criou em diversos lugares de Castela e, aos seus 15 anos, sua avó adotiva a levou para a Corte e a seu antigo grupo, nos campos de Santa Bárbara, pensando vender a sua mercadoria na Corte, onde tudo se compra e se vende. A primeira entrada que Preciosa fez em Madri foi num dia de Sant'Ana, padroeira e advogada da cidade, dançando com oito ciganas, quatro anciãs, quatro moças e um cigano, grande bailarino, que as guiava. Ainda que todas estivessem limpas e bem arrumadas, a arrumação de Preciosa era tal, que pouco a pouco, ia apaixonando os olhos de todos aqueles que a viam. Entre o som do tamborim, dos estalos e da dança, surgiu o rumor da beleza da ciganinha e os homens corriam para vê-la. Ao ouvi-la cantar, por ser dança cantada, impressionaram-se ainda mais e ali aumentou a fama da ciganinha. Com o consentimento dos organizadores da festa, deram-lhe o prêmio de melhor dançarina. Quando foi recebê-lo, na Igreja de Santa Maria, na frente da imagem de Sant'Ana, depois que todas já tinham dançado, Preciosa pegou uns chocalhos e dando longas e rápidas voltas em círculo, cantou o seguinte romance:

— *Árvore lindíssima*[1]
que demorou em dar fruto
anos que puderam
cobrir-te de luto,
e fazer os desejos
do consorte puros,
contra sua esperança
não muito seguros;
de cuja demora
nasceu aquele desgosto
que lançou do templo
ao varão mais justo;
santa terra estéril,
que depois produziu
toda a abundância
que sustenta o mundo;
casa de moeda
onde se forjou o cunho
que deu a Deus a forma
que como homem teve;
mãe de uma filha
em quem quis e pode
mostrar Deus grandezas
sobre o humano curso.
Por vós e por ela

---

[1] Para a versão original dos versos consulte o final da novela.

*sois, Ana, o refúgio
onde vão por remédio
nossos infortúnios.
De certa maneira,
tendes, não duvido,
sobre o neto, domínio
piedoso e justo.
Ao ser comunheira
do altar sumo,
foram mil parentes
com vós de juntamente.
Que filha, que neto,
e que genro! Por isso
é causa justa,
cantar-lhes triunfos.
Mas vós, humilde,
fostes o estudo
no qual vossa Filha
fez humildes cursos;
e agora a seu lado,
junto a Deus,
gozais da alteza
que apenas pressinto.*

O cantar de Preciosa foi admirado por todos que a escutavam. Uns diziam: "Que Deus abençoe esta menina!". Outros: "Que pena que esta moça seja cigana! Na verdade merecia ser filha de um grande senhor". Havia outros mais grosseiros, que diziam: "Deixem crescer a menina que ela aprontará das suas!

Certamente vai crescendo nela uma rede de pescar corações!". Outro, mais humano, mais grosseiro e mais ignorante, vendo-a andar tão leve na dança, disse-lhe: "Isso filha, isso! Anda e pisa o chão muitas vezes!" E ela respondeu, sem parar de dançar: "Pisá-lo-ei muitas vezes!".

Acabaram-se as vésperas e a festa de Sant'Ana e Preciosa ficou um pouco cansada, mas também tão celebrada por sua beleza, inteligência e dança que se falava dela por toda a Corte. Passados quinze dias, voltou a Madri com outras três meninas, com chocalhos e uma dança nova, todas sabendo romances e cantares alegres, mas todos honestos porque Preciosa não consentia que as que fossem em sua companhia cantassem músicas atrevidas, nem ela as cantou nunca. Muitos viram isso e admiraram-na.

A cigana velha nunca se afastava dela, como seu Argos, temerosa que a roubassem e levassem-na. Chamava-a de neta e ela a tinha como avó. Começaram a dançar na sombra da Rua de Toledo e, com os que as vinham seguindo, logo se formou uma grande roda. Enquanto dançavam, a velha pedia esmola aos que ali estavam, e choviam oitavos e quartos como água; porque a beleza também tem a força de despertar a caridade adormecida.

Terminado o baile, Preciosa disse:

— Se me dão quatro quartos, lhes cantarei um romance sozinha, lindo em extremo. Trata de quando a Rainha nossa senhora Margarida saiu à missa depois do parto em Valladolid e foi a São Lorente. Digo que é famoso e composto por um poeta famoso, como capitão de batalhão.

Mal disse isso e quase todos que estavam na roda disseram a gritos:

— Cante Preciosa! Veja aqui meus quatro quartos!

E assim choveram quartos sobre ela, eram tantos que a velha não conseguia pegar. Feita a sua colheita, Preciosa repicou seus chocalhos e com tom suave e decidido, cantou o seguinte romance:

— *Saiu à missa depois do parto*
a maior rainha da Europa
na coragem e no nome
rica e admirável jóia.
Como os olhos leva
leva também as almas todas
dos que olham e admiram
sua devoção e sua pompa.
E, para mostrar que é parte
do céu na terra inteira
de um lado leva o sol de Áustria,
do outro, a terna Aurora.
A suas costas lhe segue
uma estrela que fora de hora
saiu, a noite do dia
que o céu e a terra choram.
E se no céu há estrelas
que brilhantes caminhos formam,
em outros caminhos seu céu
vivas estrelas adornam.
Aqui o ancião Saturno
a barba pule e renova,
e ainda que seja tarde, vai ligeiro;
que o prazer cura a gota.

O deus falante vai em línguas
lisonjeiras e amorosas
e Cupido em várias cifras
que rubis e pérolas bordam.
Ali vai o furioso Marte
na pessoa curiosa
de mais de um valente jovem,
que de sua honra se assombra.
Junto à casa do Sol
vai Júpiter; que não há nada
difícil à confiança
fundada em prudentes obras.
Vai a Lua nas bochechas
De uma ou outra humana deusa;
Vênus casta, na beleza
das que formam este céu.
Pequeninos Ganímedes
cruzam, vão, voltam e retornam
pelo cinto tachado
desta esfera milagrosa.
E, para que tudo admire
e tudo espante, não há nada
que de generosa não passe
até o extremo de pródiga.
Milão com suas ricas telas,
ali vai em vista curiosa;
às Índias com seus diamantes,
e à Arábia com seus aromas.
Com os mal intencionados

vai a inveja mordedora,
e a bondade no peito
da lealdade espanhola.
A alegria universal
fugindo da angústia,
ruas e praças percorre
decomposta e quase louca.
A mil mudas bênçãos
abre o silêncio a boca,
e repetem os meninos
o que os homens entoam.
Que diz: "Fecunda videira
cresce, sobe, abraça e toca
o teu olmo feliz
que por mil séculos te faça sombra
para glória de ti mesma
para o bem da Espanha e honra,
para arrimo da Igreja,
para assombro de Maomé".
Outra língua clama e diz:
"Viva, ó branca pomba!
que nos deu por cria
águias de duas coroas,
para afastar dos ares
as de rapina furiosas;
para cobrir com suas asas
às virtudes medrosas."
Outra, mais discreta e grave,
mais aguda e curiosa

disse, vertendo alegria
pelos olhos e pela boca:
"Esta pérola que nos destes,
nácar da Áustria, única e só,
que máquinas quebra!
Que desígnios corta!
Que esperanças infunde!
Que desejos mal logra!
Que temores aumenta!
Que prenhes aborta!
Nisto, chegou ao templo
do Fênix santo que em Roma
foi queimado, e ficou vivo
na fama e na glória.
À imagem da vida,
à do céu Senhora,
à que por ser humilde
as estrelas pisa agora,
à Mãe e Virgem junto,
à Filha e à Esposa
de Deus, fincada de joelhos,
Margarida assim pensa:
"O que me deu te dou
Mão sempre dadivosa;
que a falta de teu favor,
sempre a miséria sobra.
As primícias de meus frutos
te ofereço, Virgem formosa:
tais como são, olhe-as,

recebe, ampara e melhora.
A teu pai te encomendo,
que, humano Atlante, se encurva
ao peso de tantos reinos
e de climas tão remotos.
Sei que o coração do Rei
nas mãos de Deus mora,
e sei que podes com Deus
tudo o que queres piedosa".
Acabada esta oração,
outra semelhante entoam
hinos e vozes que mostram
que está no céu a Glória.
Terminados os ofícios
com reais cerimônias,
voltou a seu ponto este céu
e esfera maravilhosa.

Mal Preciosa terminou seu romance, o ilustre auditório que a estava escutando, formou uma só voz e disse:

– Volta a cantar, Preciosinha, que não te faltarão quartos!

Mais de duzentas pessoas estavam vendo o baile e escutando o canto das ciganas. Passou por ali um dos tenentes da vila e, vendo tanta gente junta, perguntou o que era. Foi-lhe respondido que estavam escutando a ciganinha formosa que cantava. Aproximou-se o tenente, que era curioso, e escutou um pouco, mas para não ir contra sua compostura, não escutou o romance até o fim. Por ter gostado da ciganinha, mandou seu criado até a cigana velha para dizer-lhe que ao anoitecer fosse à sua casa com as ciganinhas, porque queria que as escutasse dona Clara, sua mulher. Assim fez o criado e a velha disse que iria.

Terminaram a dança e o canto e foram para outro lugar. Nisto chegou um criado muito bem arrumado. Entregando um papel dobrado a Preciosa, disse-lhe:

— Preciosinha, cante o romance que aqui está escrito, é muito bom e eu te darei outros de vez em quando, para que receba a fama de melhor romanceira do mundo.

— Isto aprenderei com muita boa vontade — respondeu Preciosa — e olhe, senhor, não deixe de me dar os romances que disse, com a condição de que sejam honestos. Se quiser que pague por eles, combinemos por dúzia — dúzia cantada, dúzia paga; porque pagar adiantado é impossível.

— Ficarei feliz com que me dê somente para o papel, senhora Preciosinha — disse o criado —. Além do mais, o romance que não sair bom e honesto não entra na conta.

— À minha vontade fique o escolhê-los — respondeu Preciosa.

E com isto, continuaram andando pela rua e uns cavaleiros chamaram as ciganas de uma cerca. Preciosa aproximou-se da cerca, que era baixa, e viu em uma sala muito bem arrumada, muitos cavaleiros que se divertiam, uns passeando e outros jogando diversos jogos.

— Querem me pagar, *cenhores?* — disse Preciosa (que, como cigana, falava com *ceceo*, artifício não natural usado por elas).

Escutando a voz de Preciosa e vendo seu rosto, pararam os que jogavam e de andar os que passeavam. Uns e outros foram à cerca para vê-la, já que sabiam da sua existência. Disseram:

— Entrem, entrem as ciganinhas, que aqui lhes pagaremos.

A Ciganinha 19

— Entraríamos — respondeu Preciosa — se não nos beliscassem.

— Não, com palavra de cavaleiro — respondeu um —, pode entrar tranqüilamente, menina, que ninguém lhe tocará a sola do sapato, digo pela insígnia que trago no peito.

E colocou a mão sobre uma de Calatrava.

— Se queres entrar, Preciosa — disse uma das três ciganinhas que estavam com ela — entra sozinha porque eu não penso entrar onde há tantos homens.

— Olha, Cristina — respondeu Preciosa —: do que tens que te guardar é de um homem só e a sós e não de tantos juntos, porque sendo muitos nos tira o medo e o receio de sermos ofendidas. Presta atenção, Cristininha, e esteja certa de uma coisa: que a mulher que se determina ser honrada, entre um exército de soldados pode ser. É verdade que é bom fugir das ocasiões, mas das secretas e não das públicas.

— Entremos, Preciosa — disse Cristina — que sabes mais do que um sábio.

Animou-as a cigana velha e entraram. Mal Preciosa tinha entrado quando o cavaleiro da insígnia viu o papel que levava no peito. Aproximando-se dela, tomou-o, então disse Preciosa:

— Não o tome de mim, senhor, que é um romance que me acabam de dar e que ainda não li!

— E sabes ler, filha? — disse um.

— E escrever — respondeu a velha — que tinha criado a neta como se fosse filha de um letrado.

O cavalheiro abriu o papel e viu que vinha dentro dele um escudo de ouro. Disse:

— Na verdade, Preciosa, esta carta traz o pagamento dentro. Pega este escudo que vem com o romance.

— Basta! — disse Preciosa — O poeta me tratou como pobre e é certo que é maior milagre o poeta me dar um escudo do que eu recebê-lo. Se com esse acréscimo virão todos os seus romances, que copie todo o *Romanceiro Geral* e me envie um a um. Eu os apalparei e se estiverem duros, serei branda em recebê-los.

Os que ouviram a ciganinha, ficaram admirados com a segurança e sabedoria com que falava.

— Leia, senhor — disse ela — e leia alto; veremos se este poeta é tão bom quanto generoso.

E o cavalheiro leu assim:

*— Ciganinha que de tão bonita
te podem dar parabéns:
pelo que de pedra tens
te chama o mundo Preciosa.
Desta verdade me assegura
isto, como em ti verás;
que não se afasta jamais,
a formosura.
Se como valor acrescentado
vais crescendo em arrogância,
não te arrendo a ganância,
ao ano que tenha nascido;
que um basilisco se cria
em ti, que mate olhando
e um império ainda que brando
nos pareça tirania.
Entre pobres e acampamentos,
como nasceu tal beleza?*

*Ou como criou tal peça
o humilde Manzanares?
Por isto será famoso
ao lado do Tejo dourado
e por Preciosa apreciado
mais que o Ganges caudaloso.
Dizes a boa sorte
e a dizes mal continuamente
que não vão por um caminho
tua intenção e tua formosura.
Porque no perigo forte
de olhar-te ou contemplar-te
tua intenção vai desculpar-te
e tua formosura dar-te morte.
Dizem que são feiticeiras
todas as da tua nação,
mas teus feitiços são
de mais força e mais verdadeiros;
pois por levar os despojos
de todos os que te vêem,
fazes, ó menina, que estejam
teus feitiços em teus olhos.
Ultrapassas a tuas forças,
pois dançando nos admiras,
e nos matas se nos olhas,
e nos encantas se cantas.
De cem mil modos enfeitiças:
fales, cales, cantes, olhes;
ou te aproximes, ou te afastes,*

o fogo do amor atiças.
Sobre o mais isento peito
tens mando e senhorio,
do que é testemunha o meu
de teu império complacente.
Preciosa jóia de amor,
isto humildemente escreve
o que por ti morre e vive,
pobre, ainda que humilde amador.

— Em "pobre" acaba o último verso — disse a esta altura Preciosa —: mau sinal! Nunca os apaixonados devem dizer que são pobres, porque no começo, a meu parecer, a pobreza é inimiga do amor.

— Quem te ensina isso, menina? — disse um.

— Quem me deve ensinar? — respondeu Preciosa — Por acaso não tenho minha alma em meu corpo? Já não tenho quinze anos? Não sou maneta, nem coxa, nem estragada de entendimento. A inteligência das ciganas vai por outro lugar que a das demais pessoas: sempre se adiantam a seus anos. Não há cigano burro, nem cigana lerda já que o manter sua vida consiste em ser astutos e embusteiros. Acordam a inteligência a cada passo e não deixam que crie mofo de jeito nenhum. Vêem estas meninas, minhas companheiras que estão quietas e parecem bobas? Pois coloquem o dedo na sua boca e toquem as suas cordas vocais e verão. Não há menina de doze anos que não saiba o mesmo que uma de vinte e cinco, porque tem como professores e preceptores o diabo e o uso, que lhes ensinam em uma hora o que deveriam aprender em um ano.

A Ciganinha 23

Com estas coisas que dizia a ciganinha mantinha a todos atentos. Os que jogavam lhe deram dinheiro (e também os que não jogavam). A velha reuniu no cofre trinta reais e mais rica e alegre, pegou suas ovelhas e foi para a casa do senhor tenente, combinando que outro dia voltaria com a sua manada para dar alegria àqueles senhores tão generosos.

Dona Clara, mulher do tenente, já sabia que as ciganinhas iam à sua casa e estava esperando-as ansiosa com as suas donzelas e as da senhora sua vizinha, já que todas se juntaram para ver Preciosa. Entraram as ciganas, e entre as demais resplandeceu Preciosa como a luz de uma tocha entre as luzes menores. Correram todas em sua direção: umas a abraçavam, outras a olhavam, umas a bendiziam, outras a adoravam. Dona Clara dizia:

— Isso sim se pode chamar cabelo de ouro! Estes sim são olhos de esmeralda!

A senhora sua vizinha apalpava-a e fazia vistoria de todos os seus membros e articulações. Chegando a adorar um pequeno furo que Preciosa tinha no queixo disse:

— Ai que furo! Neste furo vão tropeçar todos os olhos que o virem.

Isto ouviu um escudeiro de Dona Clara, de longa barba e longos anos, que estava ali e disse:

— Isso a senhora chama furo, minha senhora? Pois eu sei pouco de furos. Isso não é um furo, mas sepultura de desejos vivos. Meu Deus, que linda é a ciganinha que se fosse feita de prata ou de açúcar não poderia ser melhor. Sabe ler a sorte, menina?

— De três ou quatro maneiras – respondeu Preciosa.

— E ainda isso? – disse Dona Clara – Pela vida do tenente,

meu senhor, me diga, menina de ouro, menina de prata, menina de pérolas, menina do céu, que é que você pode dizer?

— Dêem-lhe, dêem-lhe a palma da mão à menina e se fizer uma cruz – disse a velha – verão as coisas que diz, que sabe mais do que um doutor de *melecina*.

A senhora do tenente colocou a mão no bolso e viu que não tinha dinheiro. Pediu um quarto a suas criadas e nenhuma tinha, nem a senhora vizinha. Vendo isso, disse Preciosa:

— Todas as cruzes, como cruzes, são boas, mas as de prata e de ouro são melhores e marcar a palma da mão com moeda de cobre, saibam vossas Mercedes que menospreza a sorte, ao menos a minha. Assim, tenho costume de fazer a primeira cruz com algum escudo de ouro ou com algum real ou pelo menos um quarto, porque sou como os sacristãos: quando há boa oferta me regozijo.

— Por sua vida, graça você tem menina! – disse a senhora vizinha.

E, voltando-se para o escudeiro, disse-lhe:

— Vós, senhor Contreras, tendes a mão algum real? Dai-me, que chegando o doutor meu marido, eu o devolverei.

— Sim, tenho – respondeu Contreras –, mas o tenho empenhado em vinte e dois maravedis que jantei ontem. Dá-me este dinheiro que irei pelo real voando.

— Não temos entre todas um quarto – disse dona Clara – e pedes vinte e dois maravedis? Contreras, sempre impertinente!

Uma donzela, vendo a agitação da casa, perguntou a Preciosa:

— Menina, faz alguma diferença fazer a cruz com um dedal de prata?

A Ciganinha

— Fazem-se as melhores cruzes do mundo com dedais de prata, desde que sejam muitos – respondeu Preciosa.

— Eu tenho um – respondeu a donzela – se basta este, aqui está, com a condição que também digas a minha sorte.

— Por um dedal tantas sortes? – disse a velha cigana – Neta, acaba logo, que cai a noite.

Preciosa pegou o dedal e a mão da senhora do tenente e disse:

— Formosinha, formosinha
das mãos de prata,
mais te ama teu marido
que o Rei das Alpujarras.
És pomba sem fel
Mas, às vezes, és brava
como leoa de Orão,
ou como tigre de Ocanha.
Mas num zás-trás
a irritação te passa,
e ficas como alfinete
ou como cordeira mansa.
Brigas muito e comes pouco:
um pouco ciumentinha andas
porque o tenente é brincalhão
e quer encostar a vara.
Quando eras donzela, te quis
um de boa cara
que mal achavam os terceiros,
que os gostos desfazem.
Se por acaso fosses monja,

hoje no teu convento mandavas,
porque tens de abadessa
mais que quatrocentas listas.
Não quero dizer-te...;
mas pouco importa, vai:
enviuvarás, e outra vez
e outras duas, serás casada.
Não chores, minha senhora,
que nem sempre as ciganas
dizemos o Evangelho;
não chores, senhora, acaba.
Como morras antes
que o senhor tenente, basta
para remediar o dano
da viuvez que ameaça.
Herdarás, e logo,
fazenda com muita abundância;
terás um filho canônico,
a igreja não se aponta;
de Toledo não é possível.
Uma filha loira e branca
terás, que se for religiosa,
também será vistosa.
Se teu esposo não morre
dentro de quatro semanas,
o verás corregedor
de Burgos ou Salamanca.
Uma pinta tens, que linda!
Ai, Jesus, que lua clara!

*Que sol, que lá do outro lado
escuros vales aclara!
Mais de dois cegos para ver-te a pinta
deram mais de quatro brancas.
Agora sim é engraçado!
Ai que bom que haja esta graça!
Cuida com as quedas
principalmente de costas,
que costumam ser perigosas
nas principais damas.
Tenho mais coisas para dizer-te
se na sexta me aguardas,
tu as ouvirás, que são boas
e algumas são desgraças.*

    Preciosa acabou de ler a sorte da mulher do tenente e acendeu em todas as circundantes o desejo de querer saber a sua. Todas pediram que lesse as suas mãos, mas Preciosa disse que o faria na sexta-feira. Prometeram-lhe que teriam reais de prata para fazer as cruzes.

    Nisto chegou o senhor tenente, a quem contaram maravilhas da ciganinha. Ele as fez dançar um pouco e confirmou por verdadeiros e bem dados os louvores que tinham dado a Preciosa. Pondo a mão no bolso, fez sinal de querer dar-lhe algo e, tendo-o examinado e sacudido e esfregado muitas vezes, tirou a mão vazia e disse:

    — Por Deus que não tenho dinheiro! Dá-lhe, dona Branca, um real a Preciosinha, que eu os darei depois.

    — Bom seria, senhor! Não tivemos entre todas nós um quarto para fazer o sinal da cruz e quer que tenhamos um real?

— Pois dá-lhe alguma roupa ou alguma coisinha que outro dia voltará Preciosa e dar-lhe-emos coisa melhor.

Ao que disse dona Clara:

— Então que venha outra vez, não quero dar nada a ela agora.

— Se não me dão nada – disse Preciosa – nunca mais voltarei aqui. Mas se volto a servir tão estimado senhor, já virei sabendo que não me darão nada e economizarei o cansaço de esperá-lo. Suborne vossa mercê, senhor tenente, suborne e terá mais dinheiro. Olhe, senhor: por aí escutei dizer (e ainda que moça entendo que não são boas coisas) que dos ofícios deve-se tirar dinheiro para pagar as condenações e para pretender outros cargos.

— Assim o dizem e o fazem os desalmados – replicou o tenente – mas o juiz correto não terá que pagar nenhuma condenação e ter bem usado o seu ofício será caminho para que lhe dêem outro.

— Vossa mercê fala muito santamente, senhor tenente – respondeu Preciosa –, continue assim e cortaremos seus farrapos para relíquias.

— Muito sabes, Preciosa – disse o tenente –. Cala-te que encontrarei um jeito de que suas Majestades te vejam, porque és peça de reis.

— Querem-me para boba da corte – respondeu Preciosa – e eu não o saberei ser e tudo irá mal. Se me quisessem porque sou inteligente, ainda me levariam, mas em alguns palácios querem mais aos bobos que aos inteligentes. Encontro-me bem sendo cigana e pobre e vá a sorte por onde o céu quiser.

— Ora, menina – disse a cigana velha – não fales mais, que já falaste muito e sabes mais do que te ensinei. Não fales tanto que descobrirão tua inteligência; fala daquilo que a tua idade permite e não te metas em coisas superiores à tua compreensão.

— Essas ciganas têm o diabo no corpo! — disse a esta altura o tenente.

As ciganas se despediram e, ao saírem, disse a donzela do dedal:

— Preciosa, diga a minha sorte ou devolva o meu dedal, porque não tenho com que fazer meu trabalho.

— Senhora donzela — respondeu Preciosa — lembre-se do que disse e encontre outro dedal ou não faça bainhas até sexta, porque eu voltarei e lhe direi mais venturas e aventuras que as de um livro de cavalaria.

Foram e se juntaram com as lavradoras que na hora da avemaria costumam sair de Madri para voltar às suas aldeias. Voltam muitas, sempre acompanhadas das ciganas, e voltam seguras porque a cigana velha vivia em freqüente estado de alerta pelo temor que lhe roubassem sua Preciosa.

Aconteceu, então, que em uma manhã Preciosa ia a Madri com as demais ciganinhas receber a contribuição e, em um pequeno vale a quinhentos passos da vila, viram um jovem arrumado ricamente. A espada e a adaga que trazia eram, como se costuma dizer, uma áscua de ouro; o chapéu com um bonito cinto, adornado com plumas de diversas cores. As ciganas repararam sua presença e começaram a olhar-lhe, admiradas que àquelas horas tão bonito rapaz estivesse a pé e sozinho naquele lugar.

Ele se aproximou e dirigindo-se à cigana mais velha disse:

— Pela tua vida, amiga, peço que me escutem — a senhora e Preciosa — duas palavras, que serão para o proveito de vocês.

— Se não nos desviamos muito do nosso caminho, nem demoremos, elas vêm em boa hora — respondeu a velha.

Chamando Preciosa, afastaram-se das outras em mais ou menos vinte passos e assim, de pé, como estavam, o rapaz lhes disse:

— Estou rendido pela inteligência e beleza de Preciosa, e depois de ter feito muita força para não chegar a este ponto, rendi-me à impossibilidade de negá-lo. Eu, minhas senhoras (que sempre assim lhes tratarei, se o céu minha pretensão favorece) como podem ver por esta vestimenta, sou cavaleiro – e, afastando a capa mostrou no peito um dos mais qualificados brasões que há na Espanha. Sou filho de Fulano – que por bom respeito aqui não se declara seu nome –, estou sobre sua tutela e amparo, sou filho único e me espera uma razoável maioridade. Meu pai está aqui na Corte pretendendo um cargo e tem certas esperanças de sair com ele. E por ser da qualidade e nobreza que os referi e da que se deve ver luzindo, quero ser um grande senhor e levantar à minha grandeza a humildade de Preciosa, fazendo dela minha igual e minha senhora. Eu não a pretendo para burlá-la, nem no amor verdadeiro que tenho por ela pode caber qualquer tipo de burla. Quero servi-la do modo que ela mais gosta: sua vontade será a minha vontade. Para ela, minha alma será de cera, onde poderá imprimir o que quiser e para conservá-lo e guardá-lo não será como impresso em cera, mas como esculpido em mármore cuja dureza se opõe à duração dos tempos. Se acreditarem nesta verdade, minha esperança não terá nenhuma dúvida, mas se não me crerem, sempre me terá temeroso. Meu nome é este – disse – e o do meu pai já lhes disse. A casa onde vive está em tal rua e tem tais e tais características, tem vizinhos com os quais poderão se informar e com os que não são vizinhos também, porque não é tão limitada a qualidade e o nome do meu pai e o meu que não o conheçam nos pátios do palácio e em toda a Corte. Cem escudos de ouro trago aqui para dar em fiança e sinal do que penso dar, porque não há de negar o dinheiro, o que a alma dá.

Enquanto o cavaleiro dizia tudo isso, Preciosa olhava-o atentamente e sem dúvida não deveriam lhe parecer ruins suas propostas e sua figura. Voltando-se à velha, disse-lhe:

— Perdoe-me, avó, que tome licença para responder a este senhor apaixonado.

— Responde o que quiseres, neta – disse a velha –, sei que tens sabedoria para tudo.

E disse Preciosa:

— Eu, senhor cavaleiro, mesmo cigana, pobre e humildemente nascida, tenho um espiritozinho fantástico aqui dentro, que a grandes coisas me leva. A mim não me movem promessas, nem me desmoronam dádivas, nem me inclinam submissões, nem me surpreendem finezas apaixonadas. Mesmo tendo apenas quinze anos (segundo as contas da minha avó, em São Miguel os farei) já sou velha nos pensamentos e alcanço mais do que a minha idade promete, mais guiada pela minha natureza que pela experiência. Mas, com uma ou com outra, sei que as paixões amorosas nos recém apaixonados são como ímpetos que fazem a vontade sair do seu juízo, atirando-se desatinadamente a seu desejo. Pensando encontrar a glória dos seus olhos, encontra o inferno dos seus pesadelos: se consegue o que deseja, diminui o desejo com a possessão da coisa desejada e abrindo então os olhos do entendimento, vê que aborrece aquilo que antes se adorava. Este temor me faz ter o recato de não acreditar em nenhuma palavra e duvidar de muitas obras. Só tenho uma jóia, que estimo mais que a vida, que é a minha virgindade, e não a tenho que vender a preço de promessas nem de dádivas. Porque, se vendida, é porque pode ser comprada, e isso é de muito pouca estima. Não me vencerão as traças nem os enganos: prefiro ir com ela para a sepultura, e quem sabe para o céu, antes que colocá-la a perigo com quimeras e fantasias sonhadas. Flor é a da virgindade que nem na imaginação deveria deixar ofender-se. Cortada a rosa do rosal, com que rapidez e facilidade murcha! Este a toca, aquele a cheira, o outro a desfolha e, finalmente, entre as mãos rústicas se desfaz. Se o senhor por esta prenda vem, não a levará a não ser atada pelos laços do matrimônio. Se a virgindade há de se inclinar, há de ser neste santo jugo, porque então não seria perdê-la, mas empregá-la em fins que felizes ganâncias prometem. Se quiser ser meu esposo, eu serei sua, mas há de preceder muitas condições e averiguações primeiro. Tenho que saber se é o que diz, logo, sendo isto verdade, deverá deixar a casa dos seus pais e trocá-la por nosso acampamento e, vestindo a roupa de cigano, cursar dois anos em nossas escolas. Durante este tempo eu conhecerei a sua condição e o senhor a minha e ao longo desse tempo, se o senhor se contentar comigo e eu com o senhor, me entregarei por sua esposa, mas até então terei que ser como sua irmã e sua serva ao servi-lo. E deve considerar que no tempo deste noivado pode recobrar a visão, que agora tem perdida, ou pelo menos, esfumaçada, e ver que é conveniente fugir do que agora segue com tanto afinco. E, conseguindo a liberdade perdida, com um bom arrependimento se perdoa qualquer culpa. Se com estas condições quer entrar a ser soldado da nossa milícia, em suas mãos está.

    O rapaz ficou pasmado com as razões de Preciosa e ficou embelezado, olhando o chão, dando mostras que considerava o que deveria responder. Vendo isso, Preciosa voltou a dizer:

— Não é o caso de resolver em tão pouco tempo que a ocasião nos oferece. Volte, senhor, para a vila, e considere durante o tempo que lhe convenha e neste mesmo lugar poderá falar comigo todos os dias que quiser, ao ir e voltar de Madri.

Ao que respondeu o cavaleiro:

— Quando o céu dispôs que eu te quisesse, minha Preciosa, decidi fazer por ti tudo quanto a sua vontade quisesses, ainda que nunca coubesse em meu pensamento que me haveria de pedir o que me pedes. Se for teu gosto que o meu ao teu se ajuste e acomode, considera-me cigano desde agora e faz comigo todas as experiências que quiseres. Vê quando quer que mude o traje. Eu queria que fosse logo porque, com a oportunidade de ir a Flandres, enganarei os meus pais e conseguirei dinheiro para gastar alguns dias. Poderei demorar até oito dias para arrumar a minha partida. Aos que forem comigo, saberei enganar de modo que vença a minha determinação. O que te peço é (se é que posso ter o atrevimento de pedir-te e suplicar-te algo) que, se não hoje, depois que possas te informar de minhas qualidades e das dos meus pais, que não vá mais a Madri, porque não queria que alguma das muitas ocasiões que ali se oferecem me roubasse a boa sorte que tanto me custa.

— Isso não, senhor — respondeu Preciosa —: saiba que comigo sempre há de andar a liberdade despreocupada, sem que a afogue o pesadelo dos ciúmes. Entenda que não a tomarei demasiadamente, para que se veja de longe que a minha honestidade é maior que minha desenvoltura. O primeiro lugar onde quero estar é no da confiança que deverá ter em mim.

E olhe que os amantes que começam ciumentos ou são tontos ou, confiados.

– Satanás tens no peito, menina – disse a esta altura a cigana velha – dizes coisas que não diria um estudante de Salamanca! Sabes de amor, sabes de ciúmes, sabes de confiança, como é possível? Deixas-me louca e te escuto como uma pessoa espirituosa, que fala latim sem saber.

– Quieta, vó – respondeu Preciosa – sabes que todas as coisas que ouves são bobagens e burlas perto das muitas que ficam guardadas no meu peito.

Tudo o que dizia Preciosa e toda a inteligência que mostrava eram como lenha na fogueira que ardia no peito do apaixonado cavaleiro. Finalmente, combinaram que se veriam dali a oito dias no mesmo lugar, onde ele viria dizer como andavam seus negócios e elas teriam tempo de averiguar a verdade das informações que tinha dado. O moço tirou uma bolsinha do bolso, disse que tinha cem escudos de ouro e deu-os à velha, mas Preciosa não queria que os pegasse de jeito nenhum. A velha lhe disse:

– Quieta, menina, que a melhor prova que este senhor deu de estar rendido é ter entregue as armas em sinal de rendimento e dar, em qualquer ocasião, sempre foi indício de um generoso coração. Lembra-te do refrão que diz: "Ao céu pedindo e com a mão dando". E mais, não quero que por mim as ciganas percam o nome que por longos séculos têm adquirido de interesseiras e aproveitadoras. Queres negar cem escudos de ouro, Preciosa? E se algum de seus filhos, netos ou parente caísse, por alguma desgraça, nas mãos da justiça, haverá maior favor do que chegar à orelha do juiz ou do escrivão a existência destes escudos? Três vezes por três delitos diferentes me vi quase posta no asno para ser açoitada. De uma me livrou um jarro de prata, da outra um colar de pérolas e da outra quarenta reais que tinha trocado por quartos, dando mais vinte reais pela troca. Olha, menina, que andamos em um ofício muito perigoso e cheio de tropeços e ocasiões perigosas. Não há defesas que mais rápido nos amparem e socorram que as moedas. Por um escudo de duas caras nos aparece alegre o triste rosto do procurador e de todos os ministros que são nossas harpias e apreciam mais degolar-nos e tirar a nossa pele que um assaltante de estradas. Estes, por mais rasgadas e desajeitadas que nos vejam, jamais acham que somos pobres e dizem que somos como os vestidos dos estrangeiros de Belmonte: rasgados, gordurosos e cheios de moedas.

— Por sua vida, avó, não diga nada mais, que já chega de alegar tantas coisas para ficar com o dinheiro: fique com ele e que faça bom proveito. A estas nossas companheiras será forçoso dar-lhes algo, que há muito nos esperam e devem estar bravas.

— Elas receberão – replicou a velha. Este senhor verá se lhe sobrou alguma moeda de prata, ou quartos, e os repartirá entre elas, que com pouco ficarão contentes.

— Sim, tenho – disse o rapaz.

E tirou do bolso três reais, que repartiu entre as três ciganinhas, que ficaram mais satisfeitas que o que costuma ficar um autor de comédias quando, em competição com outro, grita pelas esquinas: "Vitorioso, vitorioso".

Resumindo, combinaram, como se disse, o encontro para dali oito dias e que deveria se chamar, quando fosse cigano, Andrés Cavaleiro porque também havia entre eles ciganos com este sobrenome.

Andrés não se atreveu a (que assim o chamaremos de agora

em diante) abraçar Preciosa; mas, enviando-lhe com os olhos a alma, sem ela, se pode dizer assim, deixou-as e entrou em Madri. Elas, felicíssimas, também entraram. Preciosa, impressionada, mais com a benevolência que com o amor, da desembaraçada disposição de Andrés, já desejava se informar se era verdade tudo o que tinha dito. Entrou em Madri e, a poucas ruas andadas, encontrou com o criado poeta das *coplas* e do escudo. Quando ele a viu, aproximou-se dela, dizendo:

— Chegas em boa hora, Preciosa: lestes, por acaso, as *coplas* que te dei no outro dia?

Ao que respondeu Preciosa:

— Antes que te responda qualquer coisa, terás que me dizer uma verdade pela vida do que mais quer.

— Conjuro é este — respondeu o criado — que, ainda que dizê-la me custasse a vida, não a negaria de nenhuma maneira.

— Pois a verdade que quero que me diga — disse Preciosa — é a de que se por acaso és poeta.

— Ao sê-lo — replicou o criado — forçosamente seria por sorte. Mas deves saber, Preciosa, que o nome de poeta muito poucos o merecem e, assim, eu não sou senão um apaixonado pela poesia. Para que conste, não vou pedir nem procurar versos alheios: os que te dei são meus e os que te dou agora também, mas não por isto sou poeta, nem o queira Deus.

— Tão ruim é ser poeta? — replicou Preciosa.

— Não é ruim — disse o criado — mas ser somente poeta não acho uma coisa boa. É preciso usar a poesia como uma jóia valiosíssima, cujo dono não a usa todo o dia, nem a mostra a todos, nem a cada passo, senão quando convenha e seja importante que a mostre. A poesia é uma belíssima donzela, casta, honesta,

A Ciganinha

discreta que se contém nos limites da discrição mais elevada. É amiga da solidão, as fontes a entretêm, os prados a consolam, as árvores a acalmam, as flores a alegram e, finalmente, deleita e ensina a todos que com ela se encontram.

— Apesar de tudo isto — respondeu Preciosa — escutei dizer que é muito pobre e que tem um pouco de mendigo.

— Ao contrário — disse o criado — porque não há poeta que não seja rico, pois todos vivem contentes com a sua situação: filosofia que alcançam poucos. Mas, que te move a fazer esta pergunta, Preciosa?

— Move-me — respondeu Preciosa — porque, como tenho por entendido que os poetas são pobres, surpreendeu-me aquele escudo de ouro que me deste entre os versos, mas agora que sei que não és poeta, senão apaixonado pela poesia, poderia ser que fosses rico, ainda que o duvide. Não há poeta, segundo dizem, que saiba conservar o dinheiro que tem nem conseguir o que não tem.

— Pois eu não sou destes — replicou o criado: faço versos e não sou nem rico nem pobre; e sem sentir nem descontá-lo, como fazem os genoveses, posso dar um escudo ou dois a quem eu quiser. Toma, preciosa pérola, este segundo papel e este segundo escudo; vai com ele sem pensar se sou poeta ou não. Só quero que penses e creias que quem isso os dá queria ter para dar-te a riqueza de Midas.

E, nisto, deu-lhe um papel e apertando-o Preciosa viu que tinha dentro um escudo. Disse:

— Este papel há de viver muitos anos, porque traz duas almas consigo: uma, a do escudo, e outra, a dos versos, que sempre vêm cheios de almas e corações. Mas saiba o senhor criado que não quero tantas almas comigo e se não tira uma, não tenha medo de receber a outra. Por poeta lhe quero e não por dadivoso e deste modo teremos uma amizade que dure, pois mais fácil pode faltar um escudo, mesmo que seja forte, que a feitura de um romance.

— Pois se é assim que você quer que eu seja, Preciosa — replicou o criado — pobre por força, não jogues a alma que neste papel te envio e devolva-me o escudo que, só de você tocar, terei como relíquia por toda a minha vida.

Preciosa tirou o escudo e ficou com o papel e não quis lê-lo na rua. O criado se despediu e foi contente, acreditando que Preciosa já estava rendida, pois tinha lhe tratado com muita amabilidade.

Como ela tinha por objetivo encontrar a casa do pai de Andrés, sem querer parar para dançar em lugar nenhum, em pouco tempo chegou à rua onde estava e que ela muito bem conhecia. Tendo andado até a metade, levantou os olhos a uns balcões de ferro dourados, que tinha lhe dado como identificação. Viu nele um cavaleiro com mais ou menos cinqüenta anos, com um hábito de cruz colorida no peito, de venerável seriedade e presença que, apenas tendo visto a ciganinha, disse:

— Subam, meninas, que aqui os darão esmola.

Apareceram no balcão três outros cavaleiros e entre eles veio o apaixonado Andrés que, quando viu Preciosa, perdeu a cor e esteve a ponto de perder os sentidos, tanto foi o sobressalto com a sua visita. Todas as ciganinhas subiram, menos a mais velha, que ficou embaixo para saber dos criados se era verdade o que tinha contado Andrés.

Ao entrarem na sala, o cavaleiro mais velho estava dizendo aos outros:

A Ciganinha 39

— Esta deve ser, sem dúvida, a ciganinha formosa que dizem que anda por Madri.

— É ela – replicou Andrés – e, sem dúvida, é a mais bonita criatura que eu já vi.

— Isso dizem – disse a ciganinha, que escutou tudo. Na verdade, devem enganar-se na metade do que dizem. Bonita, acredito que sou, mas tão formosa como dizem, nem em pensamento.

— Pela vida de Dom Joãozinho, meu filho – disse o ancião – és ainda mais bela do que dizem, linda cigana!

— E quem é Dom Joãozinho, seu filho? – perguntou Preciosa.

— Este rapaz que está a teu lado – respondeu o cavaleiro.

— Pensei – disse Preciosa – que vossa mercê jurava por um menino de dois anos. Olhem Dom Joãozinho, que bonito! Para mim que já poderia estar casado. Segundo as marcas que tem na testa, não passarão três anos sem que esteja casado e muito feliz, se é que daqui até lá não se perde.

— Basta! – disse um dos presentes – O que sabe a ciganinha de marcas?

Nisto, as três ciganinhas que estavam com Preciosa foram para o canto da sala e falaram baixinho uma com as outras, juntando-se para não serem ouvidas. Disse Cristina:

— Meninas, este é o cavaleiro que nos deu hoje de manhã três reais.

— É verdade – responderam elas – não digamos nada. Quem sabe não quer encobrir-se?

Enquanto as três conversavam, Preciosa respondeu ao das marcas:

— O que vejo com os olhos, com o dedo adivinho. O que sei

de Dom Joãozinho, sem marcar, é que se apaixona fácil, é impetuoso, acelerado, grande prometedor de coisas que parecem impossíveis. Reza a Deus para não ser mentirosinho, que seria o pior de tudo. Logo vai fazer uma viagem para muito longe daqui. Uma coisa pensa o cavalo e outra o cavaleiro. O homem põe e Deus dispõe, talvez pense que vai para Óñez e dará em Gamboa.

Respondeu Dom João:

— É verdade, ciganinha, que acertaste em muitas coisas sobre a minha condição, mas o de ser mentiroso é fora da realidade, porque me orgulho de dizer a verdade em todos os acontecimentos. Sobre a longa viagem, acertaste, pois sem dúvida, se for vontade de Deus, dentro de quatro ou cinco dias partirei para Flandres. Ainda que me ameaces de errar o caminho, não queria que acontecesse nenhuma desgraça que me atrapalhasse.

— Cale-se, senhor — respondeu Preciosa — e entregue-se a Deus que tudo dará certo. Saiba que não sei nada do que digo e não é raro que, como falo muito, acerte alguma coisa. Eu queria acertar em persuadir-lhe de não partir, senão que sossegasse o peito e estivesse com seus pais para dar-lhes boa velhice, porque não estou de acordo com estas idas e vindas a Flandres, principalmente a dos rapazes tão jovens como você. Espere crescer um pouco, para que possa agüentar os trabalhos da guerra. Por falar nisso, que grande guerra você tem em sua casa: grandes combates amorosos lhe sobressaltam o peito. Sossegue, sossegue, alvoroçadinho e veja o que faz antes de se casar. Dê-nos uma esmolinha pelo amor de Deus e por quem é, porque creio que é bem nascido.

— Outra vez te digo, menina — respondeu Dom João que resultava ser Andrés Cavaleiro – que em tudo acertas, menos no temor que tens de que eu seja um mentiroso, porque nisso te enganas, sem dúvida. A palavra que eu dou no campo, cumprirei na cidade e onde for, sem me ser pedida, pois não se pode dizer cavaleiro quem tem o vício de mentiroso. Meu pai te dará a esmola por Deus e por mim, porque esta manhã dei tudo o quanto tinha a umas damas que, sendo tão lisonjeiras, especialmente uma delas, não me prendi pela ganância.

Escutando isto, Cristina, com o mesmo cuidado que da outra vez, disse às outras ciganas:

— Ai, meninas! Que me matem se não fala dos três reais que nos deu hoje de manhã!

— Não é isso – respondeu uma das duas – porque disse que eram damas e nós não o somos, e sendo ele tão verdadeiro como diz não teria porque mentir nisto.

— Não é mentira, mas consideração – respondeu Cristina – diz sem prejudicar a ninguém e em seu proveito e crédito. Mas, vejo que não nos darão nada e não nos mandarão dançar.

Nisto subiu a velha cigana e disse:

— Neta, acaba, que é tarde e há muito que fazer e mais a dizer.

— E que há, vó? – perguntou Preciosa – Há filho ou filha?

— Filho e muito bonito – respondeu a velha – Vem, Preciosa, e escutarás verdadeiras maravilhas.

— Roga a Deus que eu não morra de pós-parto! – disse Preciosa.

— Tudo irá muito bem – replicou a velha – principalmente porque até aqui tudo foi um bom parto e o menino é como um ouro.

— Deu à luz alguma senhora? – perguntou o pai de Andrés Cavaleiro.

— Sim, senhor — respondeu a cigana -, mas foi parto tão secreto que ninguém além de Preciosa e eu sabemos e não podemos dizer quem é.

— Nem aqui o queremos saber — disse um dos presentes —, mas infeliz aquela que em vossas línguas coloca seu segredo e em vossa ajuda deposita sua honra.

— Nem todas somos más — respondeu Preciosa —: talvez haja alguma que seja tão inteligente e verdadeira como o homem mais esmerado que haja nessa sala. Vamos, vó, que aqui pouco nos consideram, não somos ladras e não pedimos a ninguém.

— Não fique brava, Preciosa — disse o pai de Andrés —; que, pelo menos de você, imagino que não se pode presumir coisa má, que o seu bom rosto credita e é fiador de suas boas obras. Dance um pouco com suas companheiras que aqui tenho uma moeda de ouro de duas caras, que nenhuma é como a sua, ainda que sejam de dois reis.

Mal escutando isso, disse a velha:

— Vamos, meninas, saias na cintura, e alegrem a estes senhores.

Preciosa pegou os chocalhos. Deram suas voltas, fizeram e desfizeram suas rodas com tanta graça e desenvoltura que os pés levavam os olhos de todos aqueles que as olhavam, especialmente os de Andrés, que iam entre os pés de Preciosa, como se ali estivesse o centro da sua glória. Mas a sorte se turvou de tal maneira que se fez inferno. Aconteceu que durante a dança caiu de Preciosa o papel que tinha lhe dado o criado e, apenas tendo caído, quando o pegou o que não a tinha em muito bons olhos e, abrindo-o, disse:

— Bom! Temos um sonetinho! Parem a dança e escutem, que pelo primeiro verso, não é nada néscio.

Angustiou-se Preciosa por não saber o que nele vinha escrito e rogou que não o lesse e que o devolvesse. Todo o afinco que punha na devolução alimentava o desejo de Andrés de ouvir o que estava escrito. Finalmente, o cavaleiro o leu em voz alta e assim dizia:

— *Quando Preciosa a pandeireta toca*
e fere com doce som os ares vãos,
pérolas são o que derruba com as mãos;
flores são o que solta pela boca.

Eleva a alma e a razão louca,
ficam os doces atos sobre-humanos,
que limpos, honestos e sãos,
sua fama ao céu levantado toca.

Penduradas no menor de seus cabelos
mil almas leva e a seus pés tem
amor rendido uma e outra flecha.

Cega e ilumina com seus sóis belos,
seu império de amor por eles mantém,
e ainda mais grandezas de seu ser se suspeita.

— Por Deus! – disse o que leu o soneto – que tem talento o poeta que o escreveu!
— Não é poeta, senhor, mas um criado muito bonito e homem de bem – disse Preciosa.
(Preste atenção no que disse Preciosa, e no que vai dizer, por-

que estes não são os elogios ao criado, mas as lanças que transpassam o coração de Andrés, que os escuta. Quer ver, menina? Pois vire os olhos e o verá desmaiado, sentado na cadeira, com um suor de morte. Não pense, donzela, que o amor de Andrés é burla que não lhe firam e sobressaltem o menor de seu descuido. Aproxime-se dele e diga algumas palavras em seu ouvido, que irão diretas ao coração e que lhe trará de seu desmaio. Se não, traga sonetos em seu elogio a cada dia e verá como ele fica!)

Tudo isso aconteceu como se disse: em Andrés, ao escutar o soneto, mil ciumentas imaginações brotaram. Não desmaiou, mas perdeu a cor de modo que, vendo-lhe seu pai, disse-lhe:

— O que você tem, dom João, que parece que vai desmaiar? Você está pálido!

— Esperem — disse Preciosa—: deixem-me que lhe diga algumas palavras no ouvido e verão como não desmaia.

E, aproximando-se dele, disse quase sem mover os lábios:

— Que vocação para cigano! Como poderás, Andrés, sofrer o tormento real se não agüentas com um de papel?

E fazendo-lhe meia dúzia de cruzes no coração, afastou-se dele. Andrés respirou um pouco e deu a entender que as palavras de Preciosa lhe tinham feito bem.

Finalmente, deram a Preciosa a moeda de duas caras e ela disse às companheiras que a trocaria e repartiria entre todas igualmente. O pai de Andrés pediu que deixasse por escrito as palavras que tinha dito a Dom João, que queria conhecê-las, se fosse necessário. Ela disse que as diria com prazer e que entendessem que, ainda que parecesse coisa de burla, tinha especial valor para preservar o mal do coração e os desvanecimentos. As palavras eram:

—"Cabecinha, cabecinha,
atenção em ti, não caias
e prepara dois assentos
para a paciência bendita.
Solicita
a bonita
confiancinha
não te inclines
a pensamentos ruins;
verás coisas
que parecem milagrosas,
Deus diante
e São Cristóvão gigante".

— Se lhe disserem metade dessas palavras e se lhe fizerem seis sinais da cruz sobre o coração, a pessoa que tiver desvanecimentos ficará como uma maçã, disse Preciosa.

Quando a cigana velha ouviu o salmo e o embuste ficou pasma e mais ainda Andrés, que viu que tudo era invenção da perspicaz inteligência da ciganinha. Ficaram com o soneto, porque não quis pedi-lo, para não dar outro desgosto a Andrés. Ela já sabia, sem ter sido ensinada, o que era dar sustos e sobressaltos aos rendidos amantes.

As ciganas se despediram e, ao sair, Preciosa disse a Dom João:

— Olhe, senhor, qualquer dia dessa semana é próspero para partidas e nenhum é desgraçado. Apresse a partida o mais rápido que puder, que lhe aguarda uma vida longa, livre e muito boa se quiser se adaptar a ela.

— Ao meu parecer, não é tão livre a vida de soldado – respondeu João – que não tenha mais de subordinação que liberdade, mas, mesmo assim, farei como diz.

– Mais verá do que pensa – respondeu Preciosa – e Deus o leve e traga bem, como merece.

Andrés ficou feliz com estas últimas palavras e as ciganas foram embora contentíssimas.

Trocaram a moeda, repartindo entre todas igualmente, ainda que a velha guardiã levasse sempre uma parte e meia do que se juntava, pela sua velhice e por ser ela a organizadora dos bailes e dos embustes.

Chegou, finalmente, o dia em que Andrés Cavaleiro apareceu no lugar combinado, em cima de uma mula de aluguel, sem nenhum criado. Encontrou naquele lugar Preciosa e sua avó, que o reconhecendo, receberam-no com muita satisfação. Ele pediu que o guiassem ao acampamento antes que amanhecesse e que descobrissem as pistas que deixava, caso o procurassem. Elas, advertidas, vieram sozinhas, deram a volta e em pouco tempo chegaram até as suas barracas.

Andrés entrou em uma, que era a maior do acampamento, e logo se aproximaram para ver-lhe dez ou doze ciganos, todos jovens, fortes e bem formados. Àqueles a velha já tinha avisado do novo companheiro que ia chegar, sem ter a necessidade de pedir-lhes segredo que, como já se havia dito, guardam com sagacidade nunca vista. Viram a mula e um deles disse:

– Esta poderá ser vendida em Toledo na quinta-feira.

– Isto não – disse Andrés –, porque não há mula de aluguel que não seja conhecida pelos meninos de mula que transitam pela Espanha.

– Por Deus, senhor Andrés – disse um dos ciganos –, ainda

que a mula tivesse mais sinais dos que os que vão preceder o fim do mundo, aqui a transformaremos de modo que nem a mãe que a pariu nem o dono que a criou a conhecerão.

— No entanto — respondeu Andrés —, desta vez deve-se seguir o que eu penso. Esta mula deve ser morta e enterrada em algum lugar onde não apareçam seus ossos.

— Que pecado! — disse outro cigano —: a uma inocente se tirará a vida? Não diga isso bom Andrés, mas faça uma coisa: olhe-a bem agora, de maneira que fiquem guardados todos os seus sinais na sua memória e deixe que a leve. Se daqui a duas horas a reconhece, pode me gritar como se eu fosse negro fugitivo.

— Não consentirei de nenhuma maneira — disse Andrés — que a mula não morra, ainda que me garantam sua transformação. Temo ser descoberto se a terra não lhe cobrir. E caso se faça pelo proveito que sua venda pode render, não venho tão sem dinheiro que não possa pagar de entrada mais do que valem quatro mulas.

— Pois se assim o deseja o Senhor Andrés Cavaleiro — disse outro cigano —, que morra sem culpa e Deus sabe o quanto me pesa. Ainda não terminou a sua missão (coisa pouco comum entre as mulas de aluguel) e deve ser andarilha, porque não tem crostas nas costas, nem chagas da espora.

Postergou-se sua morte até a noite e no que restava do dia fizeram as cerimônias de entrada de Andrés ao mundo cigano que foram: desocuparam um rancho entre os melhores do acampamento e adornaram-no com ramos. Sentando-se Andrés sobre o tronco de uma árvore, colocaram-lhe nas mãos um martelo e umas pinças. Ao som de dois violões que os tocavam os ciganos, fizeram-no dar duas cambalhotas. Logo, descobriram um dos seus braços e com uma fita de seda e um garrote deram-lhe duas voltas suavemente.

Preciosa e muitas outras ciganas, jovens e velhas estavam presentes a tudo isto; umas com admiração e outras com amor o olhavam, tal era a valente disposição de Andrés, que até os ciganos surpreendia.

Feitas as cerimônias, um cigano velho pegou pela mão Preciosa e, parando diante de Andrés disse:

— Esta menina, que é a flor e a nata de toda a beleza das ciganas que sabemos que vivem na Espanha, te entregamos, seja por esposa ou amiga, que podes escolher o que for do teu agrado, porque a nossa livre e longa vida não está sujeita a melindres nem a muitas cerimônias. Olha-a bem, vê se te agrada, ou se vê nela alguma coisa que te desagrade e se encontras, escolhe entre as donzelas que aqui estão uma que te agrade mais, que a que escolheres, nós te daremos. Mas deves saber que uma vez escolhida, não poderá trocá-la por outra, nem vais te ocupar e divertir-te com as casadas, nem com as donzelas. Nós guardamos inviolavelmente a lei da amizade: ninguém solicita a prenda do outro, livres vivemos da amarga pestilência do ciúme. Entre nós, ainda que haja muitos incestos, não há nenhum adultério e quando acontece, não vamos à justiça pedir castigos: nós mesmos somos os juízes e os verdugos de nossas esposas ou amigas. Quando adúlteras, nós as enterramos pelas montanhas e desertos, como se fossem animais nocivos. Não há parentes que as vinguem, nem pais que peçam conta de sua morte. Com este temor elas procuram ser castas e nós, como já disse, vivemos seguros. Poucas coisas temos que não sejam comuns a todos, exceto a mulher ou amiga, que queremos que cada uma seja

A Ciganinha

de quem couber. Entre nós o divórcio se faz na velhice ou na morte. Aquele que quiser pode deixar a mulher velha, se ele é jovem, e escolher outra que corresponda ao gosto dos seus anos. Com estas e com outras leis e estatutos nos conservamos e vivemos alegres, somos senhores dos campos, dos arados, das selvas, dos montes, das fontes e dos rios. Os montes nos oferecem lenha; as árvores, as frutas; as vinhas, uvas; as hortas, hortaliça; as fontes, água; os rios, peixes; as reservas, caça. Sombra, o penhasco; ar fresco, as fendas e casas, as covas. Para nós as inclemências do céu são brisas, refresco as neves, banhos a chuva, músicas os trovões e velas os relâmpagos. Para nós o chão duro é colchão de brancas plumas: o couro curtido dos nossos corpos nos serve de proteção, impenetrável que nos defende; a nossa rapidez não segura os grilhões, nem a detém barrancos, nem a resistem paredes. A nosso ânimo não lhe torcem cordas, nem lhe diminuem polias, nem lhe afogam as togas, nem lhe domam potros. Não fazemos diferença entre o sim e o não quando nos convém: sempre apreciamos mais os mártires que os confessores. Para nós os animais de carga se criam no campo e se cortam as bolsas nas cidades. Não há águia, nem nenhuma outra ave de rapina, que mais rápido avance à presa que se lhe oferece, que nós em ocasiões que algum interesse nos desperte. Finalmente, temos muitas habilidades que felizes fins nos prometem, porque na prisão cantamos, no potro calamos, de dia trabalhamos e de noite roubamos. Dizendo melhor, avisamos que ninguém viva descuidado de olhar onde coloca as suas coisas. Não nos cansa o temor de perder a honra, nem nos desvela a ambição de acrescentá-la, nem sustentamos bando, nem madrugamos para fazer memoriais, nem acompanhar magnatas, nem solicitar favores.

Estimamos mais estas barracas e acampamentos móveis que nos dá a natureza nestes altos e nevados penhascos, grandes prados e espessos bosques que a cada passo se mostram a nossos olhos, que dourados tetos e suntuosos palácios. Somos astrólogos rústicos, porque, como sempre dormimos a céu aberto, a todas as horas sabemos que horas são do dia e da noite e vemos como varre e guarda a aurora as estrelas do céu e como ela sai com sua companheira, alegrando o ar, esfriando a água e umedecendo a terra e depois delas, o sol, dourando os picos (como disse o outro poeta) e encaracolando os montes. Não temos ficar congelados por sua ausência quando nos fere de soslaio com seus raios, nem ser queimados quando com eles nos toca particularmente. A mesma cara fazemos para o sol e para o gelo, para a esterilidade e abundância. Em suma, somos pessoas que vivem por sua indústria e bico e sem se distrair com o antigo refrão: "Igreja, ou mar, ou casa real". Temos o que queremos, pois nos contentamos com o que temos. Tudo isto te disse, generoso rapaz, para que não ignores a vida a que vieste e o trato que deverás professar. Aqui o pintei em rascunho, que muitas e outras infinitas coisas você irá descobrindo com o tempo.

Calou depois de dizer isto o eloqüente e velho cigano, e o noviço disse que se alegrava muito de ter sabido dos tão louváveis estatutos, que pensava fazer profissão naquela ordem tão centrada em razões e políticos fundamentos, que só lhe pesava não ter chegado mais cedo a tão alegre vida e que desde aquele momento renunciava a profissão de cavaleiro e a glória de sua linhagem ilustre e punha tudo embaixo do jugo, ou, melhor dizendo, debaixo das leis que eles viviam. Com tão alta recompensa lhe satisfazia o desejo de servir-lhes, entregando-se à divina

Preciosa, por quem deixaria coroas e impérios e tudo isso para servi-la.

Ao que respondeu Preciosa:

— Já que os senhores legisladores decidiram por lei que sou tua e que por tua me entregaram, eu acho pela lei da minha vontade, que é a mais forte de todas, que não quero sê-lo senão pelas condições que coloquei antes que viesses aqui. Primeiro deverás viver dois anos em nossa companhia antes que gozes de mim para que não te arrependas da rápida decisão, e nem eu seja enganada por apressada. Condições quebram leis: as que eu te coloquei, já sabes: se quiseres guardá-las, poderá ser que eu seja tua e tu meu e se não, a tua mula ainda não está morta, tuas roupas estão inteiras, não falta um centavo do teu dinheiro e tua ausência não chegou a um dia. De tudo isso podes te servir e ir para o lugar que consideres mais conveniente. Estes senhores podem te entregar meu corpo, mas não minha alma, que é livre e nasceu livre e que será livre o tanto que eu quiser. Se ficas, muito te estimarei; se voltas, não te desvalorizarei porque, na minha opinião, os ímpetos amorosos correm soltos até que encontram a razão ou o desengano. Não queria que fosses comigo como o caçador que, alcançando a lebre que persegue, pega-a e deixa-a para correr atrás de outra que foge. Há olhos que se enganam à primeira vista pensando que latão é ouro, mas logo bem conhecem a diferença entre o fino e o falso. Esta beleza que dizes que tenho, que a estimas mais que o sol e a valorizas mais que o ouro, quem me diz que de perto não te parecerá sombra e, tocada, te darás conta que é de alquimia? Dois anos te dou de tempo para que meças e ponderes o que será melhor. Como a roupa que uma vez comprada ninguém pode desfazer-se, senão com a morte, é bom que tenhas tempo, e muito, para olhá-la uma e outra vez e ver as virtudes ou defeitos que tem, porque eu não me governo pela bárbara e insolente lei que meus parentes tomaram de abandonar as mulheres ou castigá-las quando têm vontade e como não penso fazer coisas que chamem o castigo, não quero estar ao lado de quem na hora que quiser, me descarte.

— Tens razão, ó Preciosa! — disse Andrés — e assim, se quer que acabe com teus temores e com tuas suspeitas jurando-te que não me desviarei das ordens que me puseres, diz o que queres que eu faça ou que outra segurança posso dar-te, que a tudo me encontrarás disposto.

— Os juramentos e promessas que fazem os presos para que lhes dêem liberdade, poucas vezes se cumprem — disse Preciosa —; e assim também são os do amante: que para alcançar seu desejo, prometerá as asas de Mercúrio e os raios de Júpiter, como me prometeu um certo poeta que jurava pela lagoa de Estígia. Não quero juramentos, senhor Andrés, nem quero promessa; só quero remeter tudo à experiência deste noviciado, e eu me guardarei, de qualquer coisa que o ofenda.

— Assim seja — respondeu Andrés —. Somente peço uma coisa a estes meus senhores e companheiros: não me forcem a roubar nada durante o período de um mês, porque acho que não saberei ser ladrão antes de ter muitas lições.

— Cala-te, filho — disse o velho cigano —, que aqui te prepararemos de modo que saias como uma águia no ofício e quando o saibas, vais gostar tanto que comerás as mãos para ir atrás dele. E verás que é comum sair do rancho vazio pela manhã e voltar carregado pela noite!

— Açoitados já vi voltar alguns — disse Andrés.

A Ciganinha

– Replicou o velho: todas as coisas desta vida estão sujeitas a diversos perigos, e as ações do ladrão aos das galeras, açoites e forca. Mas não é porque um navio pega tormenta, ou naufrague, que os outros deixaram de navegar! Bom seria que porque a guerra devora homens e cavalos, deixasse de existir soldados! Entre nós, o que é açoitado por justiça, leva uma marca, que lhe parece melhor que uma medalha no peito. A questão está em não se abater na flor da nossa juventude e nos primeiros delitos, porque não estimamos nem o açoite das espadas, nem o tirar a água das galeras. Filho Andrés, repousa agora debaixo de nossas asas, que na hora certa nós o poremos para voar e em lugar que voltarás com pressa. O dito, repito: que vais lamber os dedos depois de cada furto.

– Pois para recompensar – disse Andrés – o que eu poderia furtar neste tempo que se me dá de preparação, quero repartir duzentos escudos de ouro entre todos os do acampamento.

Mal tendo dito isto, muito ciganos foram até ele e levantando-lhe nos braços, sobre os ombros, cantavam "Victor, Victor!" e "grande Andrés!", acrescentando: "E viva, viva Preciosa, sua amada prenda". As ciganas fizeram o mesmo com Preciosa, não sem a inveja de Cristina e de outras ciganinhas que estavam presentes; porque a inveja tão bem se aloja nos acampamentos dos bárbaros, nas cabanas dos pastores, como em palácios de príncipes e isso de ver crescer o vizinho que parece não ter mais méritos que eu, cansa.

Feito isso, comeram esplendidamente, repartiu-se o dinheiro prometido com eqüidade e justiça; renovaram-se os elogios a Andrés, glorificaram a beleza de Preciosa. Chegou a noite, mataram a mula e enterraram-na de modo que Andrés ficou seguro de não ser descoberto por ela e também se enterraram com ela seus acessórios, como a cadeira, o freio e a cinta, igual aos índios que sepultam com eles suas mais ricas coisas.

De tudo o que tinha visto e ouvido sobre os engenhos dos ciganos, Andrés ficou admirado. Com o propósito de seguir e conseguir o que queria, sem abandonar em nada os seus costumes, ou ao menos, mudá-los o menos que pudesse, pensou isentar-se da jurisdição de obedecer-lhes nas coisas injustas que lhe mandassem, com a ajuda do dinheiro.

No outro dia Andrés pediu que mudassem o acampamento de lugar e se afastassem de Madri, porque temia ser reconhecido se ficasse ali. Eles disseram que já tinham decidido ir para os montes de Toledo e dali ocupar e roubar toda a terra circunvizinha. Então, levantaram o acampamento e deram a Andrés um asno. Ele não quis, preferiu ir a pé, servindo de criado a Preciosa, que sobre outro asno ia contente de ver como triunfava seu bonito escudeiro e ele, nem mais nem menos feliz, de ver junto de si a que tinha feito senhora de seu desejo.

Ó, poderosa força deste que chamam doce deus da amargura (título que lhe deu a nossa ociosidade e despreocupação) e com que verdade nos avassala e com quanto desrespeito nos trata! Cavaleiro é Andrés, e rapaz de bom entendimento, criado quase toda a sua vida na Corte e com o privilégio de ter pais ricos. Desde ontem fez tal mudança que enganou seus criados e seus amigos, defraudou as esperanças que seus pais tinham nele, abandonou o caminho de Flandres onde exercitaria a sua coragem e acrescentaria honra a sua linhagem e veio prostrar-se aos pés e ser servo de uma moça que, apesar de lindíssima, era cigana: privilégio da beleza que traz a seus pés tudo o que quer.

Dali a quatro dias chegaram a uma aldeia a duas léguas de Toledo, onde acamparam, dando em primeiro lugar algumas peças de prata ao prefeito da cidade, como fiança de que não roubariam coisa alguma. Feito isto, todas as ciganas velhas, algumas jovens e os ciganos se espalharam por todos os lugares ou, pelo menos, distantes por quatro ou cinco léguas de onde haviam assentado. Com eles foi Andrés ter sua primeira lição de ladrão. Ainda que lhe dessem muitas naquela saída, não aprendeu nenhuma, ao contrário, correspondendo a seu bom sangue, cada furto que seus mestres faziam lhe cortava a alma e teve vez que pagou com seu dinheiro o roubo feito por seus companheiros, comovido pelas lágrimas de seus donos. Atitude que desesperava os ciganos que diziam que isso ia contra seus estatutos e ordens, que proibiam a entrada da caridade nos seus peitos e, tendo-a, tinham que deixar de ser ladrões, o que não estava correto de jeito nenhum.

Ouvindo isso, Andrés disse que queria roubar sozinho, sem a companhia de ninguém, porque para fugir do perigo tinha rapidez e para investir não lhe faltava ânimo, de modo que queria que fosse seu o prêmio ou o castigo do que roubasse.

Os ciganos tentaram dissuadi-lo deste propósito, dizendo-lhe que poderiam acontecer situações em que fosse necessária companhia, tanto para investir como para se defender e que uma pessoa sozinha não poderia fazer grandes coisas. Mas, por mais que lhe dissessem, Andrés quis ser ladrão solitário, com a intenção de se afastar da quadrilha e comprar com seu dinheiro alguma coisa que pudesse dizer que tinha roubado e, assim, diminuir o peso de sua consciência.

Usando esta estratégia, em menos de um mês trouxe mais coisas para o acampamento que os quatro maiores ladrões. Preciosa se alegrava vendo seu terno amante, tão lindo e desembaraçado ladrão. Mas, apesar de tudo isso, estava temendo alguma desgraça, que não queria ver nem por todo o tesouro de Veneza, animada pelos muitos trabalhos e presentes que seu Andrés lhe oferecia.

Estiveram pouco mais de um mês nos arredores de Toledo, onde conseguiram muito dinheiro. Dali, entraram na Extremadura, por ser terra rica e quente. Andrés e Preciosa tinham honestos, sinceros e apaixonados colóquios, e ela pouco a pouco ia se apaixonando pela inteligência e bom trato de seu amante. Ele, do mesmo modo, se o amor pudesse crescer, ia crescendo tal era a honestidade, inteligência e beleza de sua Preciosa. Aonde quer que chegassem, sempre apostavam nele nas corridas e saltos, jogava boliche e bola admiravelmente, arremessava a barra com muita força e habilidade singular. Em pouco tempo, sua fama se espalhou por toda a Extremadura e não havia lugar onde não se falasse da valente disposição do cigano Andrés Cavaleiro e de suas graças e habilidades. Junto com esta fama corria a da beleza da ciganinha e não havia vila, lugar nem aldeia onde não os chamassem para estar nas suas festas ou para outras particulares alegrias. Desta maneira, o acampamento estava rico, próspero e feliz e os amantes gozosos de apenas olhar-se.

Aconteceu que, tendo acampado entre umas montanhas, um pouco afastados do caminho real, ouviram uma noite, quase na metade dela, os cachorros latirem com muita vontade, mais do que de costume. Saíram alguns ciganos, e com eles Andrés, para ver para quem latiam os cães e viram que se defendia deles um homem vestido de branco, que tinha dois deles presos em uma perna. Chegaram, afastaram os animais e um dos ciganos disse:

– Que diabos te trouxe aqui, homem, a essa hora e tão fora de caminho? Por acaso vens roubar? Porque assim terias chegado a bom porto.

– Não venho roubar – respondeu o mordido – nem sei se venho dentro ou fora de caminho, ainda que saiba que venho desencaminhado. Mas me digam senhores, há por aqui alguma venda ou lugar onde eu possa me abrigar esta noite e curar as feridas que os cachorros me fizeram?

– Não há lugar nem venda para onde possamos lhe encaminhar – respondeu Andrés – mas, para curar as feridas e abrigar-lhe esta noite, não lhe faltará comodidade em nosso acampamento. Venha conosco, que, mesmo ciganos, não nos falta caridade.

– Deus a use convosco – respondeu o homem – e levem-me onde quiserem, que a dor desta perna é grande.

Aproximaram-se dele Andrés e o outro cigano caridoso (que ainda entre os demônios há uns piores que os outros e entre muitos homens maus costuma haver algum bom) e levaram-no. A lua fazia a noite clara de modo que puderam ver que o homem era jovem, de bonito rosto e porte. Estava todo vestido de branco e a parte de cima era atravessada pelas costas e justa no peito como uma camisa ou colete de pano. Chegaram à barraca de Andrés e rapidamente fizeram luz. Logo chegou a avó de Preciosa para curar o ferido, de quem já lhe haviam falado. Pegou alguns pêlos dos cachorros e fritou-os no azeite e lavando primeiro com vinho as mordidas que tinha na perna esquerda, em seguida colocou os pêlos com o azeite nelas e em cima um pouco de alecrim verde mascado, envolveu a perna com panos limpos e fazendo o sinal da cruz nas feridas, disse-lhe:

— Dorme, amigo, que, com a ajuda de Deus, não será nada.

Enquanto curavam o ferido, Preciosa estava na frente e ficou olhando-o fixamente. Ele também a olhava, de modo que Andrés se deu conta da atenção que o moço lhe dispensava, mas justificou-o pela beleza de Preciosa que levava quaisquer olhos atrás de si. Depois de curado, deixaram o moço sozinho sobre um leito feito de feno seco e, naquele momento, não lhe quiseram perguntar sobre seu caminho ou outra coisa.

Mal se afastaram dele quando Preciosa chamou Andrés a um lado e disse:

— Lembras, Andrés, de um papel que caiu na tua casa quando dançava com minhas companheiras, que, segundo creio, te proporcionou um mal estar?

— Sim, lembro — respondeu Andrés — era um soneto em tua exaltação, e bom.

— Pois, sabe, Andrés — replicou Preciosa — que o que escreveu aquele soneto é este moço mordido que deixamos na cabana e não me engano de jeito nenhum porque falou duas ou três vezes comigo em Madri e deu-me um romance muito bom. Ali, acho, que era criado, mas não dos ordinários, senão dos favorecidos por algum príncipe. De verdade te digo, Andrés, o moço é inteligente e muito honesto e não sei o que imaginar desta sua vinda em tal traje.

— O que podes imaginar, Preciosa? — respondeu Andrés. Nenhuma outra coisa senão a mesma força que a mim me fez cigano fez-lhe parecer frade e vir te procurar. Ah, Preciosa, Preciosa, e como vai se revelando que queres gabar-te de ter

A Ciganinha 59

mais de um rendido! E isto é assim, acaba comigo primeiro e depois matarás a este outro e não queiras nos sacrificar juntos!

– Valha-me Deus! – respondeu Preciosa. Andrés, como andas sensível e em que sutil cabelo tem presas tuas esperanças e meu crédito, pois com tanta facilidade te penetrou a alma a dura espada do ciúmes! Diz-me, Andrés: se nisso tivesse artifício e engano, eu não saberia calar e encobrir quem era esse moço? Sou tão burra, por acaso, que te daria ocasião de pôr em dúvida minha bondade? Cala-te, Andrés, pela tua vida, e amanhã procures tirar do peito esta sombra. Pode ser que esteja enganada a tua suspeita, como não estou do que eu disse. E para maior satisfação tua, de qualquer maneira e com qualquer intenção com que venha esse moço, despede-o logo e faz com que se vá. Porque todos os nossos te obedecem, não haverá nenhum que contra a tua vontade lhe queira acolher em sua cabana. Enquanto isso não acontece, eu te dou a minha palavra de não sair da minha cabana, nem de deixar que ele veja meus olhos. Olha, Andrés, não me pesa ver-te ciumento, mas me pesará muito ver-te burro!

– Se me vês como um louco, Preciosa – respondeu Andrés – qualquer outra demonstração será pouca ou nenhuma para dar a entender aonde chega e quanto cansa a amarga e dura presunção dos ciúmes. Mas, farei o que me mandas. Saberei, se é possível, o que é que quer este senhor criado poeta, onde vai, o que procura. Poderia ser que por algum fio que mostre descuidadamente, possa eu desenrolar todo o novelo em que temo embolar-me.

– O ciúme, nunca, pelo que imagino – disse Preciosa – deixa a inteligência livre para que possa julgar as coisas como realmente são. Os ciumentos sempre olham com binóculos, que fazem as coisas pequenas, grandes; os anões, gigantes e as suspeitas, verdades. Pela tua vida e pela minha, Andrés, que procedas nisso e em tudo que nos cabe de forma inteligente, recatada e verdadeira em extremo.

Assim, se despediu de Andrés e ele ficou esperando amanhecer para tomar a confissão do ferido, com a alma inquieta e com mil contrárias imaginações. Não podia crer senão que aquele criado tinha vindo atraído pela beleza de Preciosa, porque o ladrão pensa que todos são como ele. Por outro lado, a satisfação que Preciosa lhe tinha dado parecia ser tão forte que lhe obrigava a viver seguro e deixar nas mãos dela sua sorte.

Chegou o dia, visitou o mordido, perguntou-lhe como se chamava, aonde ia e por que caminhava tão tarde e tão fora de caminho, ainda que primeiro lhe tivesse perguntado como estava e se sentia dor nas mordidas. O moço respondeu que se sentia melhor e sem dor alguma, que se chamava Alonso Furtado e que ia a Nossa Senhora da Penha da França para um negócio. Para chegar rápido caminhava de noite e na anterior tinha perdido o caminho e por acaso tinha dado naquele acampamento onde os cachorros que vigiavam o tinham deixado do jeito que tinha visto.

A Andrés não lhe pareceu verdadeira esta declaração e de novo as suspeitas voltaram a fazer cócegas na sua alma. Assim lhe disse:

— Irmão, se eu fosse juiz e tivesses caído sob minha jurisdição por algum delito, que pedisse que eu fizesse as perguntas que te fiz, a resposta que me deste me obrigaria a apertar as cordas. Eu não quero saber quem és, como te chamas ou aonde vais, mas te advirto que, se te convém mentir na tua viagem, mente com mais aparência de verdade. Dizes que vai à Penha da França e deixou-a do lado direito, atrás deste lugar onde estamos umas trinta léguas; caminhas de noite para chegar rápido e vais fora de caminho por entre bosques e montanhas que mal têm caminhos. Amigo, levanta-te e aprende a mentir e vai em boa hora. Mas, por este bom aviso que te dou, não me dirás alguma verdade? (sim dirá, porque mal sabe mentir). Diz-me, por acaso és um que vi muitas vezes na Corte entre criado e cavaleiro, que tinha fama de ser grande poeta, um que escreveu um romance e um soneto a uma ciganinha que andava por Madri, que era conhecida pela sua singular beleza? Diz-me que eu prometo pela fé de cavaleiro cigano guardar o segredo que me digas. Vê que negar a verdade não levaria a lugar nenhum, porque este rosto que eu vejo aqui é o que vi em Madri. Sem dúvida que a grande fama de tua inteligência fez com que te olhasse muitas vezes como homem raro e insigne e assim ficou na minha memória tua figura. Reconheci-te por ela, ainda com traje diferente do que eu vi antes. Não te preocupe, anima-te e não penses que chegou a um povoado de ladrões, mas a um asilo que saberá cuidar-te e defender-te de todo o mundo. Olha, eu imagino uma coisa e se é assim como eu imagino, teve sorte de ter se encontrado comigo. O que imagino é que, apaixonado por Preciosa, aquela formosa ciganinha a quem fez versos, veio procurá-la. Não te considerarei pouco por este gesto porque mesmo cigano, a experiência me mostrou até onde se estende a poderosa força do amor e as transformações que submete aos que coloca sob sua jurisdição e mandato. Se isto é assim, como creio que sem dúvida é, aqui está a ciganinha.

— Sim, aqui está, porque a vi ontem à noite – disse o mordido, razão pela qual Andrés ficou como um defunto acreditando que vinha à tona a confirmação de suas suspeitas. À noite a vi – voltou a falar o moço –, mas não me atrevi a dizer quem era porque não me convinha.

— Assim, – disse Andrés –, és o poeta que eu disse.

— Sim sou – replicou o rapaz – que não posso nem o quero negar. Quem sabe que onde pensei perder-me venho ganhar, se é que há fidelidade nas selvas e boa acolhida nos montes.

— Sem dúvida, há – respondeu Andrés – e entre nós, os ciganos, muito mais. Com esta confiança pode, senhor, abrir o seu peito, que encontrará no meu o que verá, sem dureza alguma. A ciganinha é minha parenta e está sujeita ao que se quiser fazer dela. Se a quer como esposa, eu e todos seus parentes gostaremos; e se por amante, não teremos nenhum melindre, com tal que tenha dinheiro, porque a inveja jamais sai dos nossos acampamentos.

— Dinheiro tenho – respondeu o moço – nestas mangas de camisa que trago justas ao corpo tenho quatrocentos escudos de ouro.

Este foi outro susto mortal que recebeu Andrés, pensando que se trazia tanto dinheiro era para conquistar ou comprar a sua prenda. Com a língua já turva, disse:

— Boa quantidade é essa. Não há outra coisa a se fazer senão revelar quem és. Mãos à obra, que a menina, que não é nada boba, verá como será bom ser tua.

— Ai, amigo! – disse a esta altura o moço – quero que saibas que a força que me fez mudar o traje não é a do amor, que dizes, nem a de desejar Preciosa, que mulheres bonitas tem Madri que podem e sabem roubar os corações e render as almas tão bem

A Ciganinha

ou melhor que as bonitas ciganas. Confesso que a beleza da sua parenta com relação a todas as que vi leva vantagem, mas quem me tem neste traje, a pé e mordido por cachorros, não é o amor, mas a minha desgraça.

Com as palavras que o moço ia dizendo, Andrés recuperava o ânimo perdido, parecendo-lhe que a conversa se encaminhava para um paradeiro diferente do que ele tinha imaginado. Desejando sair daquela confusão, voltou a reforçar-lhe a segurança de que podia se abrir com ele e assim, prosseguiu dizendo:

— "Eu estava em Madri, na casa de um nobre a quem servia não como a um senhor, mas como a um parente. Este tinha um filho, seu único herdeiro, que, tanto pelo parentesco como por termos a mesma idade e condição, tratava-me com familiaridade e grande amizade. Aconteceu que este cavaleiro se apaixonou por uma donzela, a quem escolheria com grande prazer para sua esposa se não tivesse a sua vontade controlada, como um bom filho, pelos seus pais, que queriam casar-lhe melhor. Com tudo isso, não revelava de nenhum modo os seus desejos, só meus olhos eram testemunhas de suas tentativas. Uma noite, que deve ter escolhido a desgraça pelo que agora te contarei, passando os dois pela porta e pela rua dessa senhora, vimos apoiados nela dois homens que pareciam ter bom porte. Meu parente quis saber quem eram e mal se dirigiu a eles, quando puseram com muita rapidez a mão às espadas e a dois broquéis. Vieram em nossa direção e com as mesmas armas os atacamos. A batalha foi curta porque não durou muito a vida dos dois contrários que, com duas estocadas guiadas pelo ciúme do meu parente e a defesa que eu lhe fazia, perderam as suas vidas (caso estranho e muito poucas vezes visto). Triunfando onde não queríamos, voltamos para casa secretamente. Pegando todo o dinheiro que pudemos, fomos para São Jerônimo, esperando o dia que descobrissem o que tinha acontecido e começassem as perseguições aos matadores. Soubemos que não havia nenhum indício nosso e os prudentes religiosos aconselharam-nos que voltássemos para casa e que não déssemos nem despertássemos com nossa ausência alguma suspeita. E como estávamos determinados a seguir o parecer deles, avisaram-nos que os senhores prefeitos da Corte tinham prendido os pais da donzela e a donzela. Entre outros criados de quem tomaram a confissão, uma criada da senhora contou como meu parente passeava com sua senhora de noite e de dia e que com esse indício tinham ido nos procurar e não nos tendo encontrado, mas sim muitos sinais da nossa fuga, confirmou-se em toda a Corte sermos os matadores daqueles dois cavaleiros, que eram, e muito, destacados. Finalmente, concordando com o conde – meu parente – e com os religiosos, depois de quinze dias que estivemos escondidos no mosteiro, meu amigo, em hábito de frei, se foi para Aragão com outro frei, com a intenção de ir para a Itália e dali para Flandres até ver onde parava o caso. Eu quis dividir a nossa fortuna e seguir um caminho diferente do seu. Em hábito de frei noviço, a pé, saí com um religioso que me deixou em Talavera. Dali até aqui vim só e fora de caminho, até que de noite cheguei a essa montanha, onde me aconteceu o que vocês viram. Se perguntei pelo caminho da Penha da França foi para responder algo que me perguntava, porque na verdade não sei onde está a Penha da França, mas acho que está mais para cima de Salamanca".

— Isso é certo – respondeu Andrés – e já a deixa a mão direita, quase vinte léguas daqui; para que vejas que caminho segue se vai para lá.

— Eu pensava seguir – replicou o moço – para Sevilha porque ali mora um cavaleiro genovês, grande amigo do meu parente conde, que costuma enviar a Gênova grande quantidade de prata. Tenho a esperança que me acomode como um dos seus. Com este estratagema certamente poderei ir até Cartagena e dali à Itália, porque virão em breve duas galeras para embarcar toda esta prata. Esta é, bom amigo, a minha história: vê se não posso dizer que nasce mais da desgraça pura do que de amores apaixonados. Mas se estes senhores ciganos quisessem me levar em companhia de vocês até Sevilha, se é que vão para lá, eu pagaria muito bem, porque acho que na companhia de vocês irei mais seguro e não com o temor que tenho.

— Sim, te levaremos. – respondeu Andrés – Se não for no nosso acampamento, porque ainda não sei se vamos para a Andaluzia, irás com outro que creio que encontraremos dentro de dois dias. Dando um pouco do que levas, estarás protegido de perigos maiores.

Deixou-lhe Andrés e foi contar aos outros ciganos o que o moço tinha lhe contado e o que prometia: o oferecimento de um bom pagamento e recompensa por companhia. Todos concordaram que ficasse no acampamento. Somente Preciosa disse o contrário. Sua avó disse que ela não poderia ir a Sevilha, nem aos seus arredores, porque em anos passados, lá tinha feito uma burla a um fabricador de chapéus chamado Triguinhos, muito conhecido na cidade. Tinha feito com que colocasse uma bacia de água até o pescoço, pelado e na cabeça uma coroa de cipreste, dizendo que esperasse a meia-noite para sair da bacia para cavar e encontrar um grande tesouro que a cigana lhe tinha feito crer que estava em alguma parte de sua casa. Contou que, quando o bom fazedor de chapéus escutou tocar a matutina, para não perder o conjuro, apressou-se tanto para sair da bacia que caiu no chão. Com o golpe, machucou a cabeça e as carnes, derramou a água, ficou nadando nela e gritando que se afogava. A mulher e seus vizinhos socorreram-no com luzes e encontraram-no fazendo movimentos de nadador, respirando, arrastando a barriga pelo chão, movendo os braços e as pernas com muita rapidez e dizendo aos berros: "Socorro, senhores, que me afogo!", tal era o seu medo que pensava que se afogava de verdade. Levantaram-no e tiraram-no daquela situação. Voltou a si e contou a burla da cigana. Cavou na parte marcada mais de sete pés de fundura apesar de que todos lhe diziam que era mentira. Se não reclamasse um vizinho seu de que já tocava os cimentos da sua casa, ele encontraria a terra se lhe deixassem cavar tudo o que queria. O fato foi comentado por toda a cidade e até os meninos lhe apontavam e burlavam de sua crença e engano.

Isso contou a cigana velha e essa foi a desculpa que deu para não ir a Sevilha. Os ciganos que já sabiam por Andrés Cavaleiro que o moço trazia muito dinheiro, com facilidade o acolheram em sua companhia e ofereceram-se para encobrir-lhe todo o tempo que quisesse. Determinaram virar o caminho a mão esquerda e entrar em La Mancha e no reino de Múrcia.

Chamaram o moço e contaram o que pensavam fazer por ele, ele agradeceu e deu cem escudos de ouro para que repartissem entre todos. Com este presente ficaram mais moles que maria-mole. Somente Preciosa não gostou muito que ficasse Dom Sancho. Assim disse o rapaz que se chamava, mas os ciganos mudaram seu nome para Clemente e assim o chamaram. Andrés também ficou um pouco desgostoso por parecer-lhe que com pouco fundamento tinha abandonado seus primeiros desígnios. Mas Clemente, como se lesse o seu pensamento, entre outras coisas disse que lhe era útil ir ao reino de Múrcia, por estar perto de Cartagena, onde se viessem galeras, como ele pensava que deveriam vir, poderia passar com facilidade para a Itália. Finalmente, para tê-lo mais entre os olhos e ver suas ações e averiguar seus pensamentos, Andrés quis que Clemente fosse seu companheiro e Clemente teve esta amizade como um grande favor. Andavam sempre juntos, corriam, saltavam, dançavam e atiravam a barra melhor que todos os ciganos. Eram queridos pelas ciganas e extremamente respeitados pelos ciganos.

Deixaram Extremadura e entraram em La Mancha e pouco a pouco foram caminhando para o reino de Múrcia. Em todas as aldeias e lugares que passavam, tinham desafios de bola, de esgrima, de corrida, de salto, de lançamento de barra e de outros exercícios de força, manha e rapidez e de todos saiam vencedores Andrés e Clemente. E em todo este tempo, que foi mais de um mês e meio, Clemente nunca teve ocasião, nem a procurou, de falar com Preciosa, até que um dia, estando juntos Andrés e ela, chegou até eles, porque lhe chamaram, então disse Preciosa:

— Desde o primeiro dia que chegou ao nosso acampamento te reconheci, Clemente, e me vieram à cabeça os versos que me deu em Madri, mas não quis dizer nada, por não saber com que intenção vinha a nossas estâncias. Quando soube da tua desgraça, pesou-me a alma e meu peito se assegurou, que estava sobressaltado, pensando que como havia Dons Joãos no mundo que se convertem em Andreses, também poderiam existir Dons Sanchos que se convertessem em outros nomes. Falo-te deste modo porque Andrés me disse que te contou quem é e da intenção com a que se fez cigano – e assim era certo, porque Andrés lhe havia feito sabedor de toda a sua história, para poder falar com ele sobre seus pensamentos. Não pense que foi de pouco proveito ele te conhecer, pois pelo meu respeito e pelo que eu lhe disse de ti, acolheu-te e admitiu em nossa companhia, e roga a Deus que te suceda todo o bem que o desejar para ela. Este bom desejo quero que me pagues não ofendendo Andrés com a baixeza de alguma tentativa, pois sentiria ver-te dar mostras, por menores que fossem, de algum arrependimento.

A isto respondeu Clemente:

– Nunca penses, Preciosa, que Dom João com esperteza descobriu quem eu era: primeiro o conheci eu e primeiro me revelaram seus olhos suas tentativas. Primeiro lhe disse eu quem era e primeiro lhe adivinhei a prisão do seu desejo. Dando-me o crédito que era certo que me desse, confiou-me o seu segredo e ele é boa testemunha que louvei sua determinação e método, porque não sou, ó Preciosa, de tão pequena inteligência que não entenda até onde se estendem as forças da beleza, e a tua, por passar dos limites dos maiores extremos, é boa desculpa para os erros mais graves, se é que se devem chamar erros os que se fazem por tão fortes causas. Agradeço-lhe, senhora, o que disse em meu favor, e penso pagar-lhe desejando que estes enredos amorosos saiam com final feliz e que desfrute de seu Andrés e Andrés de sua Preciosa, conforme o consentimento de seus pais e que de tão bela união vejamos no mundo os mais belos filhos que possa formar a bem intencionada natureza. Isto desejarei, Preciosa, e isto sempre lhe direi a seu Andrés, e não alguma coisa que se desvie dos seus bem colocados pensamentos.

De tal modo disse Clemente estas razões que Andrés esteve em dúvida se as tinha dito como apaixonado ou como comedido, porque a infernal doença ciumenta é muito delicada. Apesar de tudo isto, não teve os ciúmes confirmados, mais confiado da bondade de Preciosa que de sua sorte, porque sempre os apaixonados se sentem infelizes até que alcancem o que desejam. Enfim, Andrés e Clemente eram grandes amigos. Amizade assegurada pela boa intenção de Clemente e o recato e prudência de Preciosa, que jamais deu ocasião para que Andrés tivesse ciúmes dela.

Clemente tinha seu dote de poeta, como mostrou nos versos que deu a Preciosa e isto incomodava um pouco Andrés, mas os dois eram admiradores de música. Aconteceu, então, que, estando o acampamento alojado em um vale a quatro léguas de Múrcia, uma noite, para divertir-se, sentados os dois em troncos de árvore, cada um com um violão, convidados do silêncio da noite, começando Andrés e respondendo Clemente, cantaram estes versos:

ANDRÉS
Olha, Clemente, o estrelado véu
com que esta fria noite
compete com o dia,
de luzes belas adornando o céu;
e nesta semelhança,
se tanto o teu divino engenho alcança,
aquele rosto figura
onde mora o extremo da formosura.

CLEMENTE
Onde mora o extremo da formosura,
e onde a Preciosa
honestidade formosa
com todo o extremo de bondade se apura,
em um sujeito cabe,
que não há nenhum humano engenho que louve,
se não toca no divino,
no alto, no raro, no grave e peregrino.

ANDRÉS
No alto, no raro, no grave e peregrino
estilo nunca usado,
ao céu levantado,
por doce ao mundo e sem igual caminho,
teu nome, ó ciganinha!,
causando assombro, espanto e maravilha,
a fama eu queria
que alcançasse até a oitava esfera.

CLEMENTE
Que lhe levasse até a oitava esfera
seria decente e justo,
dando aos céus gosto,
quando o som de seu nome lá se ouvisse,
e na terra causasse,
por onde o doce nome ressoasse,
música nos ouvidos
paz nas almas, glória nos sentidos.

ANDRÉS
Paz nas almas, glória nos sentidos
se sente quando canta
a sereia, que encanta
e adormece aos mais despercebidos;
e tal é minha Preciosa,
que o menos que tem é ser formosa:
doce presente meu,
coroa do donaire, honra do brio.

CLEMENTE
Coroa do donaire, honra do brio
és, bela cigana,
frescor da manhã,
zéfiro brando no ardente estio;
raio com o que Amor cego
converte o peito mais de neve em fogo;
força que assim a faz
que brandamente mata e satisfaz.

Iam dando sinais de não acabar tão cedo o livre e o cativo, se não soasse a suas costas a voz de Preciosa, que as suas tinha escutado. Pararam ao escutá-la e, sem se mexer, prestando-lhe maravilhada atenção, ouviram-na. Ela (não sei se de improviso ou se em algum tempo os versos que cantava lhe compuseram), com extrema graça, como se para responder-lhes fossem feitos, cantou os seguintes:

— *Nesta empresa amorosa,*

em que o amor entretenho,
por maior ventura tenho
ser honesta que formosa.
A que é mais humilde planta,
se a subida orienta,
por graça ou natureza
aos céus se levanta.
Neste meu baixo cobre,
sendo honestidade seu esmalte,
não há bom desejo que falte
nem riqueza que sobre.
Não me causa alguma pena
não querer-me ou não estimar-me;
que eu penso fabricar-me
minha sorte e ventura boa.
Faça eu o que em mim é,
que ser boa me encaminhe,
e faça o céu e determine
o que quiser depois.
Quero ver se a beleza
tem tal prerrogativa,
que me encobre tão acima,
que aspire a maior alteza.
Se as almas são iguais,
poderá a de um lavrador
igualar-se por valor
com as que são imperiais.
Da minha o que sinto
me sobe ao grau maior,

porque majestade e amor
não têm um mesmo assento.

Aqui Preciosa deu fim a seu canto e Andrés e Clemente se levantaram para recebê-la. Fizeram confidências entre os três e Preciosa revelou, nas confidências que fez, sua inteligência, sua honestidade e sua agudeza, de tal maneira que Clemente encontrou a justificativa para a intenção de Andrés, porque ainda não tinha encontrado, julgando mais a mocidade que a inteligência, sua arrojada determinação.

Naquela manhã se levantou o acampamento e foram alojar-se em um lugar da jurisdição de Múrcia, a três léguas da cidade, onde aconteceu a Andrés uma desgraça que lhe pôs a ponto de perder a vida. E foi que, depois de ter dado alguns copos e peças de prata em fiança, como tinham por costume, Preciosa, sua avó e Cristina, com outras duas ciganinhas e os dois, Clemente e Andrés, albergaram-se em uma pensão de uma viúva rica, que tinha uma filha com idade entre dezessete e dezoito anos, mais desenvolta que bonita e que se chamava Joana Cabeçuda. Tomou-a o diabo ao ver os ciganos e as ciganas dançando. Apaixonou-se por Andrés tão fortemente que decidiu dizê-lo e tomá-lo por marido, se ele quisesse, ainda que contra todos os seus parentes. Assim, procurou ocasião para dizê-lo e achou-a em um curral onde Andrés tinha entrado para pegar dois franguinhos. Aproximou-se dele, e com pressa, para não ser vista, disse-lhe:

— Andrés — porque já sabia seu nome —, sou donzela e rica, porque minha mãe não tem outro filho senão a mim e esta pensão é sua e, além disso, tem muitos vinhedos e outros dois pares de casa. Gostei de ti: se me queres por esposa, aqui estou; responde-me rápido, fica e verás que boa vida nos damos.

Andrés ficou admirado com a decisão da Cabeçuda e com a rapidez do seu pedido. Respondeu-lhe:

— Senhora donzela, eu estou prometido e nós, ciganos, só nos casamos com ciganas. Que Deus guarde o favor que queria me fazer, do qual não sou digno.

Faltaram dois dedos para que Cabeçuda caísse morta com a áspera resposta de Andrés. Saiu correndo e acelerada e com boa vontade se vingaria se pudesse.

Andrés decidiu desviar-se daquela ocasião que o diabo lhe oferecia, porque bem leu nos olhos da Cabeçuda que sem laços matrimoniais se entregaria com toda a vontade. Não quis ver-se cara a cara e a sós com aquela ocasião e pediu a todos os ciganos que naquela noite partissem daquele lugar. Eles, que sempre lhe obedeciam, puseram em obra e cobrando aquela tarde as suas fianças, se foram.

A Cabeçuda, que viu que indo Andrés ia também metade da sua alma e que não teria tempo para solicitar o cumprimento dos seus desejos, decidiu que Andrés ficaria por força, já que por vontade própria não ficava. E assim, com a indústria, sagacidade e segredo que seu mau intento lhe ensinou, colocou entre as bolsas de Andrés uns ricos colares, duas patenas de prata e outros brincos seus. Mal tinham saído da pensão, quando começou a gritar, dizendo que aqueles ciganos tinham roubado suas jóias, a seus gritos acudiu a justiça e todas as pessoas daquele povoado.

Os ciganos pararam e todos juraram que não tinham roubado nada e que eles mostrariam todos os sacos e repostos de seu acampamento. Disto se afligiu a cigana velha, temendo que naquela verificação se manifestassem as palavras de Preciosa, que guardava com grande recato e cuidado. A Cabeçuda remediou tudo com muita brevidade, porque no segundo embrulho que olharam disse que perguntassem qual era o daquele cigano grande dançarino, que ela o tinha visto entrar duas vezes no seu aposento e que poderia ser que levasse as coisas roubadas. Andrés entendeu que falava dele e, rindo, disse:

— Senhora donzela, esta é minha casa e este é meu asno, se achar nela ou nele o que lhe falta, eu pagarei sete vezes o roubado, além de me sujeitar ao castigo que a lei dá aos ladrões.

Aproximaram-se logo dois ministros da justiça para esvaziar o asno e rapidamente encontraram o furto, com o qual ficou tão espantado e absorto Andrés, que parecia uma estátua sem voz, de pedra dura.

— Não suspeitei bem? — disse a esta altura Cabeçuda — Olhe com que boa cara se encobre um ladrão tão grande!

O prefeito, que estava presente, começou a dizer mil injúrias contra Andrés e todos os ciganos, chamando-os de ladrões públicos e saqueadores de estradas. Andrés ouvia calado, suspenso e imaginativo, sem se dar conta da traição de Cabeçuda. Nisto se aproximou dele um soldado bizarro, sobrinho do prefeito, dizendo:

— Não vêem como ficou o ciganinho podre de roubar? Aposto que faz melindres e que nega o furto, mesmo tendo pego tudo nas mãos. Bem faz quem os joga em galeras a todos. Estaria bem melhor este ladrão numa delas, servindo a sua Majestade, que dançando de lugar em lugar e roubando vendas e montes! Com a palavra de soldado, estou a ponto de dar-lhe uma bofetada que o derrube aos meus pés.

E dizendo isto, sem mais, lançou a mão e deu-lhe uma bofetada tal que lhe fez voltar do seu estado catatônico e fez-lhe lembrar-se de que não era Andrés Cavaleiro, mas Dom João e cavaleiro e, arremetendo ao soldado com muita presteza e mais cólera, arrancou-lhe sua própria espada da bainha e a enfiou no seu corpo, dando o morto na terra.

Aqui começou a gritar o povo, aqui se encolerizou o prefeito, aqui desmaiou Preciosa e se turvou Andrés ao vê-la desmaiada, aqui acudiram todos às armas e foram atrás do homicida. Aumentou a confusão, aumentaram os gritos e, por acudir o desmaio de Preciosa, Andrés descuidou de sua defesa. Quis a sorte que Clemente não se encontrasse no desastrado acontecimento porque já tinha saído com as bagagens do povoado. Finalmente, tantos foram sobre Andrés, que o prenderam e amarraram-no com duas grossas correntes. O prefeito queria enforcá-lo logo, se estivesse em sua mão, mas foi preciso mandá-lo a Múrcia, por ser de sua jurisdição. Não o levaram até o dia seguinte e no que ali esteve Andrés passou muitos martírios e opróbrios que o indignado prefeito e seus ministros e todos os do lugar lhe fizeram. O prefeito prendeu todos os ciganos e ciganas que pode, mas a maioria fugiu e entre eles Clemente, que temeu ser pego e descoberto.

Finalmente, com o compêndio do caso e com uma grande multidão de ciganos, entraram o prefeito e seus ministros com muita gente armada em Múrcia. Entre eles iam Preciosa e o pobre Andrés, apertado pelas correntes, com algemas e grilhões. Toda a cidade saiu para ver os presos, porque já se tinha notícia da morte do soldado. A beleza de Preciosa aquele dia era tanta, que ninguém que a olhasse deixava de admirá-la. Chegou a notícia de sua beleza aos ouvidos da senhora corregedora que, pela curiosidade de vê-la, fez com que seu marido, o corregedor, mandasse que aquela ciganinha não entrasse na prisão. Colocaram Andrés num calabouço estreito, escuro, com a falta de luz de Preciosa. Toda a situação tratou-lhe de tal maneira que pensou que não sairia dali a não ser para a sepultura. Levaram Preciosa e sua avó para a corregedora. Assim que a viu, disse:

– Com razão a elogiam por sua beleza.

E aproximando-a, abraçou-a ternamente. Não se cansava de olhá-la e perguntou a sua avó quantos anos tinha.

– Quinze anos – respondeu a cigana –, dois meses a menos.

– Estes teria agora a minha desafortunada Constança. Ai, amigas, que esta menina me recordou a minha desventura! – disse a corregedora.

Nisto Preciosa tomou as mãos da corregedora e beijando-as muitas vezes, molhava-as com lágrimas e dizia:

– Minha senhora, o cigano que está preso não tem culpa porque foi provocado: o chamaram ladrão e não o é e deram-lhe uma bofetada no rosto. Por Deus e por quem é, senhora, faça guardar a justiça. Que o senhor corregedor não se dê pressa em executar nele o castigo com que as leis o ameaçavam e se algum agrado lhe deu minha formosura, tenha-a em favor do preso, porque no fim da sua vida também está a minha. Ele há de ser meu esposo, mas justos e honestos impedimentos não permitiram que até agora nos déssemos as mãos. Se dinheiro é preciso para alcançar o perdão, todo o nosso acampamento se venderá em praça pública, e daremos ainda mais do que pedirem. Minha senhora, se sabe o que é o amor, se por algum tempo o tenha tido e agora o tenha por seu esposo, tenha compaixão de mim, que amo terna e honestamente o meu marido.

Durante o tempo que dizia isto, não soltou as mãos da corregedora, nem a afastou dos seus olhos, derramando amargas e piedosas lágrimas em abundância. Do mesmo modo, a corregedora estava atenta a ela, olhando-a, não com menos afinco e menos lágrimas. Estando nisto, entrou o corregedor, e encontrando a sua mulher e Preciosa tão chorosas e lamentosas, ficou parado, pelo choro e pela beleza de Preciosa. Perguntou a causa daquele sentimento e a resposta que lhe deu foi soltar as mãos da corregedora e ajoelhar-se aos pés do corregedor, dizendo-lhe:

– Senhor, misericórdia, misericórdia! Se meu esposo morre, eu estou morta! Ele não tem culpa, mas se a tem, dê a mim a pena e se isto não pode ser, ao menos entretenha-se o pleito enquanto se procuram os meios possíveis para a sua defesa. Com atenção o corregedor ficou ouvindo as razões da ciganinha e, se não fosse por dar indícios de sua fraqueza, lhe acompanharia em suas lágrimas.

Enquanto isso acontecia, a cigana velha considerava grandes, muitas e diversas coisas e depois de toda esta reflexão, disse:

– Esperem um pouco, senhores meus, que eu farei que estes prantos se convertam em riso, ainda que custem a minha vida.

E assim, com passo ligeiro, saiu de onde estava, deixando os presentes confusos com o que tinha dito. Enquanto ela não voltava, Preciosa não abandonou as lágrimas nem as preces de que se adiasse o julgamento de seu esposo, com a intenção de avisar ao seu pai que viesse intervir por ele. A cigana voltou com um pequeno cofre debaixo do braço e disse ao corregedor que entrasse com a sua mulher em um aposento, porque tinha grandes coisas para dizer-lhes em segredo. O corregedor, crendo que queria revelar alguns furtos dos ciganos, para tê-lo a favor no pleito do preso, imediatamente se retirou com ela e com sua mulher em seu quarto, onde a cigana, de joelhos ante os dois, disse-lhes:

— Se as boas novas que os quero dar, senhores, não merecerem alcançar o perdão do meu grande pecado, aqui estou para receber o castigo que me queiram dar, mas antes que o confesse quero que me digam, primeiro, se conhecem estas jóias.

E, descobrindo um cofrezinho onde estavam as jóias de Preciosa, colocou-o nas mãos do corregedor. Abrindo-o, viu aquelas jóias juvenis, mas não entendeu o que podiam significar. A corregedora também as olhou e também nada entendeu, somente disse:

— Estes são adornos de alguma pequena criatura.

— Isto é verdade – disse a cigana – e de que criatura são, diz o que está escrito neste papel dobrado.

Abriu-o com presa o corregedor e leu o que dizia:

A menina se chamava dona Constança de Azevedo e de Meneses; sua mãe, dona Guiomar de Meneses e seu pai, dom Fernando de Azevedo, cavaleiro do hábito de Calatrava. Desaparecia no dia da Ascensão do Senhor, às oito da manhã, do ano de mil quinhentos e noventa e cinco. A menina usava estes brincos que estão guardados neste cofre.

Mal tendo escutado o que estava escrito no papel, a corregedora reconheceu os brincos, colocou-os na boca e dando-lhes infinitos beijos, caiu desmaiada. O corregedor foi acudi-la antes de perguntar para a cigana por sua filha. Voltando a si, disse a corregedora:

— Boa mulher, antes anjo que cigana, onde está a dona, digo, a criatura a quem pertenciam essas jóias?

— Onde senhora? – respondeu a cigana –. Na sua casa a tem, aquela ciganinha que a levou às lágrimas é a dona dessas jóias. Sem dúvida alguma é sua filha porque eu a roubei de sua casa em Madri no dia e na hora que diz este papel.

Escutando isso a transtornada senhora saiu correndo até a sala onde tinha deixado Preciosa e encontrou-a rodeada por suas donzelas e criadas, ainda chorando. Dirigiu-se a ela e, sem dizer nada, com muita pressa desabotoou a sua camisa para ver se tinha embaixo do peito esquerdo um sinal pequeno, com forma de lua branca, com que tinha nascido sua filha. Encontrou-o já grande, porque com o tempo, tinha dilatado. Logo, com a mesma pressa, descalçou-a e descobriu um pé de neve e marfim, feito a torno, e encontrou nele o que procurava, que era que os dois últimos dedos do pé direito se travavam um ao outro por meio de um pouquinho de carne, a qual, quando menina, não quiseram tirar por pena. O peito, os dedos, os brincos, o dia marcado do furto, a confissão da cigana e o sobressalto e a alegria que tinham tido seus pais quando a viram confirmaram com toda a verdade na alma da corregedora que Preciosa era sua filha. E assim, pegando-a em seus braços, foi com ela até onde estavam o corregedor e a cigana. Preciosa ia confusa, porque não sabia por que tinha feito com ela aquelas diligências e mais ainda, vendo-se levar nos braços da corregedora que lhe cobria de beijos. Chegou, enfim, Dona Guiomar com a preciosa carga à presença do seu marido e passou-a de seus braços aos do corregedor e disse-lhe:

— Receba, senhor, sua filha Constança. Esta é sem dúvida,

não duvide, senhor, de nenhum modo, porque eu vi o sinal dos dedos juntos e o do peito e mais me está dizendo a alma desde o instante que meus olhos a viram.

– Não duvido – respondeu o corregedor, tendo em seus braços Preciosa – porque os mesmos efeitos passaram pela minha alma.

Todas as pessoas da casa estavam absortas, perguntando umas às outras o que seria aquilo. Todas estavam muito longe de acertar. Quem ia imaginar que a ciganinha era filha de seus senhores? O corregedor disse à sua mulher, à sua filha e à cigana velha que o caso ficasse em segredo até que ele o revelasse e também disse à velha que lhe perdoava o agravo que lhe tinha causado roubando-lhe a alma, porque a recompensa de tê-la devolvido merecia melhor consideração e que somente lhe pesava que, sabendo ela a origem de Preciosa, a tivesse desposado um cigano, ainda mais ladrão e homicida.

– Ai! – disse então Preciosa –, meu senhor não é cigano nem ladrão, já que é matador, mas o fez daquele que o tirou a honra e não pôde fazer menos e mostrar quem era e matar-lhe.

– Como que não é cigano, minha filha? – disse dona Guiomar.

Então a cigana velha contou brevemente a história de Andrés Cavaleiro e que era filho de Dom Francisco de Cárcamo, cavaleiro do hábito de Santiago, e que se chamava Dom João de Cárcamo, do mesmo hábito, cujas roupas ela tinha guardado quando ele se fez cigano. Contou também o acordo feito entre Preciosa e Dom João de esperar dois anos de provação para casarem-se ou não. Colocou, assim, a honestidade de ambos e a agradável condição de Dom João.

Admiraram-se tanto disso como do descobrimento da sua filha e o corregedor mandou que a cigana buscasse as roupas de Dom João. Ela assim o fez e voltou com outro cigano que as trouxe.

Enquanto ela ia e voltava, os pais de Preciosa lhe fizeram mil perguntas, as quais respondeu com tanta inteligência e graça que, ainda que não a tivessem reconhecido como filha, se apaixonariam por ela. Perguntaram-lhe se tinha algum amor por Dom João. Respondeu que não mais do que aquele que lhe obrigava a ser agradecida a quem tinha querido se humilhar a ser cigano por ela, mas que não se estenderia a mais o agradecimento daquilo se os seus senhores pais não o quisessem.

— Cale-se, filha Preciosa — disse seu pai — que este nome Preciosa quero que fique na memória da tua perda e do teu encontro.

Preciosa suspirou escutando isto e sua mãe, como era inteligente, entendeu que suspirava porque estava apaixonada por Dom João. A corregedora disse ao marido:

— Senhor, sendo tão importante Dom João de Cárcamo como é e amando-o tanto nossa filha, não estaria mal que a déssemos como esposa.

E ele respondeu:

— Hoje a encontramos e você já quer que a percamos? Aproveitemos um pouco o tempo com ela porque, casando-a, não será nossa, mas de seu marido.

— Razão você tem, senhor — respondeu ela —, mas dê ordem de liberar Dom João que deve estar em algum calabouço.

— Sim estará — disse Preciosa — porque a um ladrão, matador e sobretudo, cigano, não lhe terão dado melhor pouso.

A Ciganinha

— Eu quero ir vê-lo, vou tomar-lhe a confissão – respondeu o corregedor – e, de novo, digo senhora que ninguém saiba desta história até que eu queira.

Abraçando Preciosa, logo foi à prisão e entrou no calabouço onde estava Dom João e não quis que ninguém entrasse com ele. Encontrou-lhe com os pés em um cepo, com as algemas nas mãos e ainda com o grilhão. O lugar era escuro, fez que abrissem a clarabóia por onde entrava a luz, ainda que escassa, e assim que o viu lhe disse:

— Como está a boa figura? Que assim amarrados eu teria todos os ciganos que há na Espanha para acabar com eles em um dia, como Nero o quis com Roma, sem dar mais de um golpe! Saiba, ladrão honrado, que eu sou o corregedor desta cidade e venho saber, entre eu e você, se é verdade que é sua esposa uma ciganinha que vem com vocês.

Escutando isso Andrés imaginou que o corregedor tinha se apaixonado por Preciosa e respondeu:

— Se ela disse que eu sou seu esposo, é verdade e se disse que não sou, também o é, porque Preciosa não mente.

— Tão verdadeira é? – respondeu o corregedor. Não é pouco para uma cigana. Bem, rapaz, ela disse que é sua esposa, mas que nunca lhe deu a mão. Soube que, pela sua culpa, vai morrer por ela e me fez um pedido de que antes de sua morte a case com você porque quer se honrar de ficar viúva de tão grande ladrão que você é.

— Pois assim o faça vossa mercê, senhor corregedor, como ela suplique porque, se eu caso com ela, irei contente para a outra vida, sendo seu.

— Você deve amá-la muito! – disse o corregedor.

– Tanto – respondeu o preso – que dizê-lo não é nada. Com efeito, senhor corregedor, minha causa se conclua: eu matei o que quis tirar a minha honra, eu adoro esta cigana, morrerei feliz se morro em sua graça e sei que Deus não nos vai faltar pois guardamos honesta e corretamente o que prometemos.

– Pois esta noite enviarei alguém por você – disse o corregedor – e na minha casa você se casará com sua Preciosinha. Amanhã ao meio-dia estará na forca, com o que terei cumprido com o que pede a justiça e com o desejo de ambos.

Andrés agradeceu-lhe e o corregedor voltou para casa e disse para a sua mulher como tinha sido a conversa com Dom João e outras coisas que pensava fazer.

No tempo em que não estava o corregedor, Preciosa contou para a sua mãe todo o transcurso da sua vida e de como sempre tinha acreditado que era cigana e neta daquela velha, mas que sempre tinha sido estimada em muito mais do que se esperava de uma cigana. Sua mãe pediu que lhe dissesse a verdade: se queria bem a Dom João de Cárcamo. Ela, com vergonha e com os olhos no chão, disse-lhe que por ter se considerado cigana e que melhorava a sua sorte casar-se com um cavaleiro de hábito e tão importante como Dom João de Cárcamo, e por ter visto por experiência sua boa condição e honesto trato, alguma vez o tinha olhado com olhos apaixonados, mas que, como já tinha dito, não tinha outra vontade daquela que eles tivessem.

Chegou a noite e sendo quase dez, tiraram Andrés da prisão, sem as algemas e o grilhão, mas não sem uma grande corrente que desde os pés envolvia o corpo todo. Chegou desse jeito, sem ser visto por ninguém, senão pelos que o traziam, na casa do corregedor, e com silêncio e recato o colocaram em um aposento, onde o deixaram só. Um tempo depois entrou um clérigo e lhe disse que se confessasse, porque morreria no outro dia. Ao que respondeu Andrés:

— Com muita boa vontade me confessarei, mas por que não me casam primeiro? E se vão me casar, certamente é muito ruim o leito que me espera.

Dona Guiomar, que sabia tudo, disse a seu marido que eram muitos os sustos que dava em Dom João, que os moderasse, porque poderia ser que perdesse a vida com eles. Ao corregedor lhe pareceu um bom conselho e então chamou ao que lhe confessava e lhe disse que primeiro deveriam casar o cigano com Preciosa, a cigana, e que depois se confessaria e que se encomendasse a Deus de todo coração.

Andrés entrou em uma sala onde estavam somente dona Guiomar, o Corregedor, Preciosa e outros dois criados da casa. Mas quando Preciosa viu Dom João envolto em tão grande corrente, com o rosto descolorido e com os olhos com mostra de ter chorado, lhe apertou o coração e se atirou aos braços de sua mãe, que com ela estava, que, abraçando-a, lhe disse:

— Recomponha-se, menina, que tudo o que vê voltará a seu favor e proveito.

Ela não sabia como se consolar, a cigana velha estava confusa e os demais, pendentes do fim daquele caso.

O corregedor disse:

— Senhor padre, este cigano e esta cigana são os que vossa mercê deve casar.

— Isto não poderei fazer se não procedem primeiro as circunstâncias que para tal caso se requerem. Onde foram feitos os proclamas? Onde está a licença de meu superior para que com elas eu faça o casamento?

— Foi inadvertência minha — respondeu o corregedor — mas eu farei com que o vigário a dê.

— Pois até que a veja — respondeu o padre — estes senhores perdoem.

E sem dizer mais uma palavra, para que não acontecesse algum escândalo, saiu da casa e deixou a todos confusos.

— O padre fez bem — disse o corregedor — e poderia ser esta uma providência do céu para que o suplício de Andrés se dilate. Ele vai se casar com Preciosa e os proclamas devem ser feitos primeiro. Assim se dará tempo ao tempo, que costuma dar doce saída a muitas amargas dificuldades. Enquanto isto, queria saber de Andrés: se a sorte se encaminhasse de maneira que sem estes sustos e sobressaltos se fizesse esposo de Preciosa, se daria por satisfeito, sendo Andrés Cavaleiro ou Dom João de Cárcamo?

Logo que ouviu seu nome, disse Andrés:

— Preciosa não quis conter-se nos limites do silêncio e revelou quem eu sou. Ainda que esta boa sorte me fizera monarca do mundo, a deixaria de lado para levar a cabo meus desejos, sem ousar desejar outro bem senão o do céu.

— Pois, por este bom ânimo que mostrou, senhor Dom João de Cárcamo, a seu tempo farei que Preciosa seja sua legítima consorte. Agora lhe dou e entrego a mais rica jóia de minha casa, de minha vida, de minha alma. Dou-lhe dona Constança de Meneses, minha única filha, a qual se iguala a você em anos e não te desdiz em nada na linhagem.

Andrés ficou atônito vendo o amor que lhe mostravam. Com breves palavras, Dona Guiomar contou a perda de sua filha e seu achado, com os certíssimos sinais que a cigana velha tinha dado de seu furto, o que deixou Dom João mais atônito e atento, mas alegre. Abraçou seus sogros, chamando-os de pais e senhores seus, beijou as mãos de Preciosa, que com lágrimas lhe pedia as suas.

Revelou-se o segredo, saiu a nova do caso com a saída dos criados que tinham estado presentes. Sabido pelo prefeito, tio do morto, viu tomados os caminhos de sua vingança, pois não havia de ter lugar o rigor da justiça para executá-la no genro do corregedor.

Dom João se vestiu com as roupas que tinha trazido a cigana; as correntes de ferro se transformaram em liberdade e correntes de ouro; a tristeza dos ciganos presos, em alegria, pois os liberaram no outro dia. O tio do morto recebeu a promessa de dois mil ducados, que lhe fizeram para que tirasse a denúncia e perdoasse a Dom João, que, não se esquecendo de seu amigo Clemente, fez com que o procurassem, mas não lhe acharam nem souberam dele. Depois de quatro dias se teve notícias de que tinha embarcado em uma galera de Gênova que estava no porto de Cartagena e que tinha partido.

O corregedor disse a Dom João que tinha por certo que seu pai, Dom Francisco de Cárcamo, estava instituído por corregedor e que seria bom esperar-lhe para que com seu beneplácito e consentimento se realizassem as bodas. Dom João disse que seguiria tudo que ele lhe ordenasse, mas que antes de todas as coisas tinha que se casar com Preciosa. O arcebispo concedeu licença para que um só proclama se fizesse. Por ser bem quisto o corregedor, a cidade se fez em festa, com luminárias, touros e cervejas. No dia do casamento, a cigana velha ficou em casa, porque não quis se separar de sua neta Preciosa.

Chegaram à Corte as novas do caso e do casamento da ciganinha. Soube Dom Francisco de Cárcamo que seu filho era o cigano e que Preciosa era a ciganinha que tinha visto, por cuja beleza desculpou a leviandade do seu filho, a quem já tinha dado por perdido, por saber que não tinha ido a Flandres e também porque viu o quanto era bom que se casasse com a filha de tão grande e rico cavaleiro como era Dom Fernando de Azevedo. Apressou a sua partida para chegar logo e ver seus filhos. Depois de vinte dias já estava em Múrcia, e com sua chegada se fizeram as bodas, se contaram as vidas e se cantaram os poemas da cidade. Fizeram-se muitos bons poemas para celebrar o estranho caso e a incomparável beleza da ciganinha. De tal maneira os escreveu o licenciado Poço, que em seus versos durará a fama da Preciosa enquanto durarem os séculos.

Esquecia-me de dizer como a apaixonada da pensão revelou à justiça não ser verdade o que tinha dito sobre o furto de Andrés, o cigano, e confessou seu amor e sua culpa. Não teve que cumprir nenhuma pena porque na alegria do encontro dos recém-casados se enterrou a vingança e se ressuscitou a clemência.

Versos de A Ciganinha

Página 11

- Árbol preciosísimo
que tardó en dar fruto
años que pudieron
cubrirle de luto,
y hacer los deseos
del consorte puros,
contra su esperanza
no muy bien seguros;
de cuyo tardarse
nació aquel desgusto
que lanció del templo
al varón más justo;
santa tierra estéril
que al cabo produjo
toda la abundancia
que sustenta el mundo;
casa de moneda
do se forjó el cuño
que Dios la forma
que como hombre tuvo;
madre de una hija
en quien quiso e pudo
mostrar Dios grandezas
sobre humano curso.
Por vos y por ella
sois, Ana, el refugio
do van por remedio nuestros
infortunios.
En cierta manera,
tenéis, no lo dudo,
sobre el nieto, imperio
piadoso e justo.
A ser comunera
del alcázar sumo,
fueron mil parientes
con vos de consuno.
¡Qué hija, y qué nieto,
y qué hierno! Al punto,
a ser causa justa,
cantárades triunfos.
Pero vos, humilde,
fuisteis el estudio
donde vuestra hija
hizo humildes cursos;
y agora a su lado,
a Dios el más junto,
gozáis de la alteza
que apenas barrunto.

*
* *

Página 14

- Salió a misa de parida
la mayor reina de Europa,

en el valor y en el nombre
rica y admirable joya.
Como los ojos se lleva,
se lleva las almas todas
de cuantos miran y admiran
su devoción y su pompa.
Y, para mostrar que es parte
del cielo en la tierra toda,
a un lado lleva el sol de Austria,
al otro la tierna Aurora.
A sus espaldas le sigue
un Lucero que a deshora
salió la noche del día
que el cielo y la tierra lloran.
Y si en el cielo hay estrellas
que lucientes carros forman,
en otros carros su cielo
vivas estrellas adornan.
Aquí el anciano Saturno
la barba pule y remoza,
y, aunque es tarde, va ligero;
que el placer cura la gota.
El dios parlero va en lenguas
lisonjeras y amorosas,
y Cupido en cifras varias,
que rubíes y perlas bordan.
Allí va el furioso Marte
en la persona curiosa
de más de un gallardo joven,
que de su sombra se asombra.
Junto a la casa del Sol

va Júpiter; que no hay cosa
difícil a la privanza
fundada en prudentes obras.
Va la luna en las mejillas
de una y otra humana diosa;
Venus casta, en la belleza
de las que este cielo forman.
Pequeñuelos Ganimedes
cruzan, van, vuelven y tornan
por el cinto tachonado
de esta esfera milagrosa.
Y, para que todo admire
y todo asombre, no hay cosa
que de liberal no pase
hasta el estremo de pródiga.
Milán con sus ricas telas
allí va en vista curiosa;
las Indias con sus diamantes,
y Arabia con sus aromas.
Con los mal intencionados
va la envidia mordedora,
y la bondad en los pechos
de la lealtad española.
La alegría universal,
huyendo de la congoja,
calles y plazas discurre,
descompuesta y casi loca.
A mil mudas bendiciones
abre el silencio la boca,
y repiten los muchachos
lo que los hombres entonan.

Cual dice: "Fecunda vid,
crece, sube, abraza, toca
el olmo felice tuyo
que mil siglos te haga sombra
para gloria de ti misma,
para bien de España y honra,
para arrimo de la Iglesia,
para asombro de Mahoma".
Otra lengua clama y dice:
"Vivas, ¡oh blanca paloma!,
que nos has de dar por crías
águilas de dos coronas,
para ahuyentar de los Aires
las de rapina furiosas;
para cubrir con sus alas
a las virtudes medrosas".
Otra, más discreta y grave,
Más aguda y más curiosa
Dice, vertiendo alegría
Por los ojos y la boca:
"Esta perla que nos diste,
nácar de Austria, única y sola
¡qué de máquinas que rompe!,
¡qué [de] designios que corta!,
¡qué de esperanzas que infunde!,
¡qué de deseos mal logra!,
¡qué de temores aumenta!,
¡qué de preñados aborta!".
En esto, se llegó al templo
del Fénix santo en Roma
fue abrasado y quedó vivo
en la fama y en la gloria.
A la imagen de la vida,
a la del cielo señora,
a la que por ser humilde
las estrellas pisa ahora,
a la madre y Virgen junto,
a la hija y a la esposa
de Dios, hincada de hinojos,
Margarita así razona:
"Lo que me has dado te doy,
mano siempre dadivosa;
que a do falta el favor tuyo,
siempre la miseria sobra.
Las primicia de mis frutos
te ofrezco, Virgen hermosa:
tales cuales son las mira,
recibe, ampara y mejora.
A su padre te encomiendo,
que, humano Atlante, se encorva
al peso de tantos reinos
y de climas tan remotas.
Sé que el corazón del rey
en las manos de Dios mora,
y sé que puedes con Dios
cuanto quieres piadosa".
Acabada esta oración,
otra semejante entonan
himnos y voces que muestran
que está en el suelo la gloria.
Acabados los oficios
con reales ceremonias

A Ciganinha 93

volvió a su punto este cielo
y esfera maravillosa.

			*
		*		*

PÁGINA 22

- Gitanica, que de hermosa
te pueden dar parabienes:
por lo que de piedra tienes
te llama el mundo Preciosa.
Desta verdad me asegura
esto, como en ti verás;
que no se apartan jamás
la esquiveza y la hermosura.
Si como en valor subido
vas creciendo en arrogancia,
no le arriendo la ganancia
a la edad en que has nacido;
que un basilisco se cría
en ti, que mate mirando,
y un imperio que, aunque blando,
nos parezca tiranía.
Entre pobres y aduares,
¿cómo nació tal belleza?
O ¿cómo crió tal pieza
el humilde Manzanares?
Por esto será famoso
al par del Tajo dorado
y por Preciosa preciado

más que el Ganges caudaloso.
Dices la buenaventura,
y dasla mala contino;
que no van por un camino
tu intención y tu hermosura.
Porque en el peligro fuerte
de mirarte o contemplarte
tu intención va a desculparte,
y tu hermosura a dar muerte.
Dicen que son hechiceras
todas las de tu nación,
pero tus hechizos son
de más fuerzas y más veras;
pues por llevar los despojos
de todos cuantos te ven,
haces, ¡oh niña!, que estén
tus hechizos en tus ojos.
En sus fuerzas te adelantas,
pues bailando nos admiras,
y nos matas si nos miras,
y nos encantas si cantas.
De cien mil modos hechizas:
hables, calles, cantes, mires;
o te acerques, o retires,
el fuego de amor atizas.
Sobre el más esento pecho
tienes mando y señorío,
de lo que es testigo el mío,
de tu imperio satisfecho.
Preciosa joya de amor,
esto humildemente escribe

el que por ti muere y vive,
pobre, aunque humilde amador.

*
* *

Página 28

- Hermosita, hermosita,
la de las manos de plata,
más te quiere tu marido
que el Rey de las Alpujarras.
Eres paloma sin hiel,
pero a veces eres brava
como leona de Orán,
o como tigre de Ocaña.
Pero en un tras, en un tris,
el enojo se te pasa,
y quedas como alfinique,
o como cordera mansa.
Riñes mucho y comes poco:
algo celosita andas;
que es juguetón el tiniente,
y quiere arrimar la vara.
Cuando doncella, te quiso
uno de una buena cara;
que mal hayan los terceros,
que los gustos desbaratan.
Si a dicha tú fueras monja,
hoy tu convento mandaras,
porque tienes de abadesa

más de cuatrocientas rayas.
No te lo quiero decir...;
pero poco importa, vaya:
enviudarás, y otra vez,
y otras dos, serás casada.
No llores, señora mía;
que no siempre las gitanas
decimos el Evangelio;
no llores, señora, acaba.
Como te mueras primero
que el señor tiniente, basta
para remediar el daño
de la viudez que amenaza.
Has de heredar, y muy presto,
hacienda en mucha abundancia;
tendrás un hijo canónigo,
la iglesia no se señala;
de Toledo no es posible.
Una hija rubia y blanca
tendrás, que si es religiosa,
también vendrá a ser perlada.
Si tu esposo no se muere
dentro de cuatro semanas,
verásle corregidor
de Burgos o Salamanca.
Un lunar tienes, ¡qué lindo!
¡Ay Jesús, qué luna clara!
¡Qué sol, que allá en los antípodas
escuros valles aclara!
Más de dos ciegos por verle
dieran más de cuatro blancas.

¡Agora sí es la risica!
¡Ay, que bien haya esa gracia!
Guárdate de las caídas,
principalmente de espaldas,
que suelen ser peligrosas
en las principales damas.
Cosas hay más que decirte;
si para el viernes me aguardas,
las oirás, que son de gusto,
y algunas hay de desgracias.

*
* *

Página 48

– Cuando Preciosa el panderete
toca
y hiere el dulce son los aires
vanos,
perlas son que derrama con las
manos;
flores son que despide de la
boca.

Suspensa el alma, y la cordura
loca,
queda a los dulces actos sobrehu-
manos,
que, de limpios, de honestos y
de sanos,

su fama al cielo levantado toca.
Colgadas del menor de sus
cabellos
mil almas lleva, y a sus plantas
tiene
amor rendidas una y otra flecha.

Ciega y alumbra con sus soles
bellos,
su imperio amor por ellos le
mantiene,
y aún más grandezas de su ser
sospecha.

*
* *

Página 50

"Cabecita, cabecita,
tente en ti, no te resbales,
y apareja dos puntales
de la paciencia bendita.
Solicita
la bonita
confiancita;
no te inclines
a pensamientos ruines;
verás cosas
que toquen en milagrosas,
Dios delante

y San Cristóbal gigante".

*
* *

Página 77

ANDRÉS
Mira, Clemente, el estrellado velo
con que esta noche fría
compite con el día,
de luces bellas adornando el cielo;
y en esta semejanza,
si tanto tu divino ingenio alcanza,
aquel rostro figura
donde asiste el estremo de hermosura.

CLEMENTE
Donde asiste el estremo de hermosura,
y adonde la Preciosa
honestidad hermosa
con todo estremo de bondad se apura,
en un sujeto cabe,
que no hay humano ingenio que le alabe,
si no toca en divino,
en alto, en raro, en grave y peregrino.

ANDRÉS
En alto, en raro, en grave y peregrino
estilo nunca usado,
al cielo levantado,
por dulce al mundo y sin igual camino,
tu nombre, ¡oh gitanilla!,
causando asombro, espanto y maravilla,
la fama yo quisiera
que le llevara hasta la octava esfera.

CLEMENTE
Que le llevara hasta la octava esfera
fuera decente y justo,
dando a los cielos gusto,
cuando el son de su nombre allá se oyera,
y en la tierra causara,
por donde el dulce nombre resonara,
música en los oídos
paz en las almas, gloria en los sentidos.

ANDRÉS
Paz en las almas, gloria en los sentidos
se siente cuando canta
la sirena, que encanta
y adormece a los más apercebidos;
y tal es mi Preciosa,
que es lo menos que tiene ser hermosa:
dulce regalo mío,
corona del donaire, honor del brío.

CLEMENTE
Corona del donaire, honor del brío
eres, bella gitana,
frescor de la mañana,
céfiro blando en el ardiente estío;
rayo con que Amor ciego
convierte el pecho más de nieve en fuego;
fuerza que ansí la hace,
que blandamente mata y satisface.

*
* *

PÁGINA 80

- En esta empresa amorosa,
donde el amor entretengo,
por mayor ventura tengo

ser honesta que hermosa.
La que es más humilde planta,
si la subida endereza,
por gracia o naturaleza
a los cielos se levanta.
En este mi bajo cobre,
siendo honestidad su esmalte,
no hay buen deseo que falte
ni riqueza que no sobre.
No me causa alguna pena
no quererme o no estimarme;
que yo pienso fabricarme
mi suerte y ventura buena.
Haga yo lo que en mí es,
que a ser buena me encamine,
y haga el cielo y determine
lo que quisiere después.
Quiero ver si la belleza
tiene tal prer[r]ogativa,
que me encumbre tan arriba,
que aspire a mayor alteza.
Si las almas son iguales,
podrá la de un labrador
igualarse por valor
con las que son imperiales.
De la mía lo que siento
me sube al grado mayor,
porque majestad y amor
no tienen un mismo asiento.

*
* *

Rinconete e Cortadilho

Na taberna do Moinho, que está localizada nos fins dos famosos campos de Alcudia, quando vamos de Castela para a Andaluzia, em um dia caloroso de verão, encontraram-se por acaso dois meninos com idade entre quatorze e quinze anos. Tinham boa saúde, mas andavam mal vestidos e mal tratados: capa, não tinham; as calças eram de pano e as meias, suas carnes. Bem é verdade que os sapatos compensavam, porque os de um eram alpargatas, já gastas, e os de outro, furados e sem sola, de modo que lhes serviam mais de ferradura do que de sapatos. Um usava um casaco verde de caçador, o outro um chapéu sem lenço, baixo e largo. Um vestia uma camisa bege, fechada e toda recolhida em uma manga; o outro vinha descoberto e sem alforjes, no seu peito aparecia um grande vulto que, ao que depois se soube, era uma gola que chamam de *valones*, engomada com gordura e tão desfiada que pareciam fiapos. Nela estavam enrolados e guardados uns naipes de forma oval, porque de tão usados, as pontas estavam gastas. Para que durassem mais, as tinha cortado e deixado daquele jeito. Os dois estavam queimados do sol, as unhas sujas e as mãos não muito limpas. Um tinha uma meia espada, e o outro uma faca de cabo amarelo, das que usam os vaqueiros.

Os dois saíram para descansar em um portal, ou alpendre, que estava na frente da taberna e sentando-se um na frente do outro, o que parecia mais velho disse ao mais novo:

— De que terra é vossa mercê, senhor cavaleiro, e para onde caminha?

— Minha terra, senhor cavaleiro – respondeu o que foi perguntado – não sei, para onde caminho, também não.

— Vossa mercê não caiu do céu e este não é lugar para acomodar-se, forçosamente terá que seguir adiante, disse o mais velho.

— É certo – respondeu o mais novo –, mas eu falei a verdade no que disse, porque minha terra não é minha. Não tenho nela nada mais que um pai que não me tem por filho e uma madrasta que me trata como bastardo. O caminho que levo é o acaso, e daria fim a ele onde achasse quem me desse o necessário para passar esta vida miserável.

— Vossa mercê conhece algum ofício? – perguntou o mais velho.

E o mais novo respondeu:

— Não sei outro além de correr como uma lebre, pular como um veado e cortar delicadamente.

— Tudo isso é muito bom, útil e proveitoso – disse o mais velho – porque haverá algum sacristão que dê a vossa mercê a oferenda de Todos os Santos, para que corte para ele as flores de papel para o monumento na Quinta-feira Santa.

— Não é esse meu tipo de corte – respondeu o menor – meu pai é alfaiate e me ensinou a cortar *antiparas* que, como vossa mercê bem sabe, são meia-calças com alças, também conhecidas como polainas; e corto-as tão bem que poderia ser examinado por um professor, mas a minha pouca sorte me deixou encurralado.

— Tudo isso e mais coisas acontecem para os bons — respondeu o mais velho — e sempre ouvi dizer que as melhores habilidades são as mais desperdiçadas, mas vossa mercê ainda tem idade para emendar sua sorte. Mas, se não me engano e se o olho não me mente, outros talentos secretos tem vossa mercê, e não quer revelar.

— Tenho sim — respondeu o menor —, mas não são para o público, como vossa mercê falou.

Ao que lhe replicou o maior:

— Pois eu lhe digo que sou um dos mais misteriosos moços que se pode encontrar. Para animar vossa mercê a abrir seu peito, revelo primeiro o meu. Imagino que não sem mistério nos juntou aqui a sorte, e penso que deveremos ser, desde agora até o último dia de nossas vidas, verdadeiros amigos. "Eu, senhor fidalgo, sou natural de Fuenfrida, lugar conhecido e famoso pelos ilustres passageiros que por ele passam freqüentemente. Meu nome é Pedro do Rincão; meu pai é pessoa de boa índole, é ministro da Santa Cruzada: é *buleiro*, ou distribuidor de bulas, como diz o povo. Alguns dias lhe acompanhei no ofício e aprendi-o de tal maneira que seria capaz de distribuir as bulas como o melhor *buleiro*. No entanto, um dia tendo gostado mais do dinheiro das bulas do que delas, agarrei-me a uma nota de mil pesetas e dei comigo e com ela em Madri, com as comodidades que normalmente ali se oferecem e, em poucos dias, tirei até as entranhas das mil pesetas. O dono do dinheiro veio atrás de mim, tive pouca sorte e prenderam-me. Vendo minha pouca idade, aqueles senhores se contentaram em me pôr contra o batente da porta e açoitar minhas costas por um tempo e fazer com que eu saísse desterrado da Corte por quatro anos. Tive paciência, encolhi os ombros, sofri o desígnio e saí para cumprir meu desterro com tanta pressa, que não tive tempo de procurar cavalgaduras. Peguei todas as coisas que pude e que me pareciam necessárias e entre elas trouxe estes naipes – e neste momento descobriu os naipes que trazia na gola. Com eles ganhei a minha vida pelas hospedarias e tabernas que há de Madri até aqui, jogando o vinte e um". Ainda que vossa mercê os veja tão sujos e maltratados, têm uma maravilhosa virtude para quem os entende que ao cortar não fica um ás abaixo. E se vossa mercê é versado neste jogo, saberá quanta vantagem leva o que sabe que tem um ás como primeira carta, que lhe pode servir de um ponto e de onze; que com essa vantagem, sendo o vinte e um investido, o dinheiro fica em casa. Além disso, aprendi com um velho cozinheiro de certo embaixador algumas tretas de *quínolas* e do *parar*, a quem também chamam *andaboba*; que assim como vossa mercê pode examinar o corte das suas polainas, eu posso ser mestre na ciência das cartas. Com eles, vou seguro de não morrer de fome porque, ainda que chegue a uma fazenda, sempre há quem queira passar o tempo jogando um pouco. Vamos fazer a experiência: armemos a rede e vejamos se cai algum pássaro desses tropeiros que passam por aqui. Quero dizer que joguemos nós dois o vinte e um, como se fosse de verdade; que se alguém quiser ser o terceiro, será o primeiro a deixar a pecúnia.

– Seja em boa hora – disse o outro –, e muito agradeço a vossa mercê que me deu conta de sua vida, com o que me obriga que eu não lhe encubra a minha. Contando-a, brevemente, é esta: "eu nasci no piedoso lugar colocado entre Salamanca e

Medina do Campo. Meu pai é alfaiate, ensinou-me seu ofício, e do corte de tesoura, com meu bom engenho, passei a cortar bolsas. Cansei-me da vida austera da aldeia e do maltrato da minha madrasta. Abandonei meu povoado, vim para Toledo exercitar meu ofício e nele fiz maravilhas, porque não pende relicário de hábito, nem há bolso tão escondido que meus dedos não visitem e minhas tesouras não cortem, mesmo que estejam cuidados com os olhos de Argos. E, nos quatro meses em que estive naquela cidade, nunca fui surpreendido, nem denunciado por ninguém, nem perseguido por policiais. É certo que há oito dias um espião deu notícia da minha habilidade ao Corregedor, que, fã das minhas boas artes, queria me ver; mas eu, que, por ser humilde não quero tratar com pessoas tão importantes, tratei de não me encontrar com ele. Saí da cidade com tanta pressa, que não tive tempo de conseguir cavalo nem dinheiro, nem algum carro de retorno, ou pelo menos uma carroça.

— Como já nos conhecemos, não há motivo para grandezas nem altivezas: confessemos claramente que não tínhamos dinheiro, nem sapatos, disse Rincão.

— Assim seja. — respondeu Diego Cortado, que assim disse que se chamava o mais novo — Nossa amizade, como vossa mercê, senhor Rincão, disse, há de ser perpétua.

E, levantando-se, Diego Cortado abraçou Rincão e Rincão a ele terna e demoradamente. Logo os dois começaram a jogar o vinte e um com os dois já referidos baralhos, limpos de pó e de palha, mas não de graça e malícia. Depois de poucas jogadas, já jogava tão bem Cortado como Rincão, seu professor.

Nisso saiu um tropeiro para refrescar-se no portal e pediu para jogar uma partida. Acolheram-no de bom grado e em menos de meia hora ganharam-lhe doze reais e vinte e dois maravedis que foi o mesmo que dar-lhe doze lançadas e vinte e duas mil tristezas. O tropeiro quis tirar-lhes o dinheiro, acreditando que por serem meninos não se defenderiam, mas eles, pondo um a mão na meia espada e o outro na faca de cabo amarelo, deram-lhe tanto trabalho que, se não saíssem os companheiros do tropeiro, sem dúvida se daria mal.

Nisso passou por acaso pelo caminho uma tropa de cavaleiros que ia descansar na Taberna do Prefeito, meia légua mais para frente. Vendo a briga do tropeiro com os dois meninos, acalmaram-nos e disseram-lhes que se por acaso fossem para Sevilha, que fossem com eles.

— Para lá vamos — disse Rincão — e nós lhes serviremos em tudo que nos mandarem.

Sem mais demora, pularam na frente das mulas e foram com eles, deixando o tropeiro humilhado e irritado e a taberneira admirada com a fala dos pícaros, porque tinha escutado a conversa deles sem que tivessem se dado conta. Quando disse ao tropeiro que tinha escutado que os naipes eram falsos, este arrancava as barbas e queria ir atrás deles cobrar seu dinheiro, porque dizia que era uma grande afronta que dois meninos tivessem enganado um homem como ele. Seus companheiros detiveram-no e aconselharam-lhe que não fosse, pelo menos para não tornar pública sua inabilidade e burrice. Enfim, tantas razões deram-lhe que, mesmo que não lhe consolassem, obrigaram-no a ficar.

Enquanto isso, Cortado e Rincão serviam com astúcia os cavaleiros, que na maior parte do caminho os levavam na garupa. Ainda que tivessem algumas ocasiões de roubar das malas de seus meio amos, não o fizeram para não perder a ocasião de tão boa viagem a Sevilha, lugar onde tinham grande vontade de estar.

Contudo, ao anoitecer, na entrada da cidade pela porta da Aduana, por causa do registro e dos impostos que se pagam, Cortado não se conteve em cortar a mala que um francês do grupo levava na garupa. Com sua faca deu tão grande e profunda ferida na bolsa que apareceu claramente o seu interior. Sutilmente tirou duas boas camisas, um relógio de sol e um livrinho de memória, coisas das quais não gostaram muito quando viram e pensaram que o francês não levava aquela mala na garupa somente com o pouco peso daquelas jóias. Quiseram fazer uma nova tentativa, mas não a fizeram imaginando que ele já tinha sentido falta do que tinham tirado e colocado em lugar seguro o que sobrava.

Despediram-se antes que os que até ali tinham lhes sustentado descessem dos seus cavalos. No outro dia venderam as camisas no mercadinho que se monta fora da porta do Arenal e ganharam vinte reais com a venda. Feito isto, foram ver a cidade e admiraram-se com a grandeza e suntuosidade da sua Igreja maior e o grande fluxo de gente pelo rio, porque era tempo de carregamento de frota. Suspiraram quando viram os seis barcos no rio e temeram o dia que seus erros os levassem a morar neles para sempre. Ficaram vendo os muitos meninos que passavam por ali carregando coisas, perguntaram para um deles que ofício era aquele, se era de muito trabalho e de quanto lucro.

O menino asturiano, que foi a quem fizeram a pergunta, respondeu que o ofício era tranqüilo, que não se pagava imposto e que em poucos dias se lucravam 5 ou 6 reais com os quais comia e bebia e gastava como membro da realeza, livre de procurar amo para quem dar explicações, pois o seu sempre estava na menor taberna da cidade.

Aos amigos não lhes pareceu ruim a descrição feita pelo asturianinho, nem lhes descontentou o ofício por achar que se encaixava perfeitamente com o ofício que desempenhavam, dada a comodidade que oferecia de entrar em todas as casas. Logo, decidiram comprar os instrumentos necessários para o ofício, pois não podiam trabalhar sem eles. Perguntaram ao asturiano o que deveriam comprar; ele respondeu que sacos pequenos, limpos ou novos e três cestas, duas grandes e uma pequena, para repartir a carne, o peixe e a fruta e, no saco, o pão. Guiou-lhes até onde vendiam e, com o dinheiro do roubo do francês, compraram tudo e depois de duas horas já estavam preparados para o novo ofício. Avisou-lhes seu guia os lugares onde tinham que ir: de manhã, ao Açougue e à Praça de São Salvador; nos dias de peixe, à Peixaria e à Costa; todas as tarde, ao rio; às quintas, à Feira.

Aprenderam toda a lição de cabeça e no outro dia bem cedo chegaram à praça de São Salvador. Mal tinham chegado, rodearam-lhes outros meninos do mesmo ofício, que viram que eram novos na praça pelo branco de suas bolsas e cestas. Fizeram-lhes mil perguntas e a todas responderam com inteligência e cuidado. Nisso chegaram um estudante e um soldado e, motivados pela limpeza das cestas dos dois novatos, o que parecia estudante chamou Cortado e o Soldado, Rincão.

— Bendito seja Deus – disseram ambos.

— Para bem se comece o trabalho – disse Rincão – que vossa mercê me estréia, meu senhor.

Ao que respondeu o soldado:

— A estréia não será ruim porque tenho dinheiro e estou apaixonado. Hoje tenho que preparar um banquete para as amigas da minha senhora.

— Pois encha vossa mercê o quanto quiser que tenho ânimo e força para levar a praça inteira e se ainda for preciso que o ajude a preparar o banquete, farei isso de bom grado.

O soldado alegrou-se com a graça do menino e disse-lhe que se quisesse servir-lhe, ele o tiraria daquele cansativo ofício. Ao que respondeu Rincão que, por ser aquele o primeiro dia de trabalho, não queria abandoná-lo tão depressa para pelo menos poder ver o que tinha de bom e mau e, se não lhe contentasse, daria a sua palavra de servir-lhe.

O soldado riu, carregou bem a cesta, e mostrou-lhe a casa de sua dama para que não tivesse necessidade de acompanhá-lo outra vez que o enviasse. Rincão prometeu-lhe fidelidade e bom tratamento. O soldado deu-lhe três quartos de real e Rincão voltou voando para a praça, para não perder seu lugar, como lhes tinha advertido o asturiano. Também lhes disse que quando levassem peixe pequeno (convém saber: mujois, sardinhas ou acedias) poderiam pegar alguns, para salvar o gasto do dia, mas tinha que ser com muita sagacidade e cuidado para não perder o crédito que era o mais importante da profissão.

Por mais rápido que tivesse voltado Rincão, encontrou no mesmo lugar Cortado. Cortado aproximou-se de Rincão e perguntou-lhe como tinha sido. Ele abriu a mão e mostrou-lhe os três quartos. Cortado colocou a sua no peito e tirou uma bolsinha um pouco cheia, que parecia ter sido de âmbar antigamente e disse:

— Com esta bolsa me pagou o estudante e com dois quartos

Rinconete e Cortadilho 109

de ducado, mas fique com ela você, Rincão, caso aconteça alguma coisa.

E tendo-a entregue secretamente, eis que volta o estudante transpirando e atormentado. Vendo Cortado, perguntou-lhe se por acaso não tinha visto uma bolsa de tais e tais medidas, com quinze escudos de ouro, com três reais e tantos maravedis em quartos e oitavos que não encontrava. Perguntou se ele não tinha pegado enquanto estava fazendo compras. Ao que, com grande dissímulo, sem se alterar em nada, respondeu Cortado:

– O que eu sei dizer dessa bolsa é que não deve estar perdida, se não é que vossa mercê colocou-a em lugar pouco seguro.

– É isso! Pobre de mim! – respondeu o estudante – Que devo tê-la deixado em lugar pouco seguro porque me roubaram!

– Te digo o mesmo – disse Cortado; mas para tudo se tem remédio, a não ser para a morte. O primeiro e principal que vossa mercê pode tomar é a paciência. Um dia segue o outro e onde se perde se ganha e poderia ser que, com o passar do tempo, aquele que levou a bolsa viesse a se arrepender e a devolvesse a vossa mercê ainda melhor.

– A melhora eu dispenso – respondeu o estudante.

E Cortado continuou dizendo:

– Tantas cartas de excomunhão existem como as de boa diligência, mãe da boa ventura. Sinceramente, eu não gostaria de ser o que levou esta bolsa porque se vossa mercê tem alguma ordem sacra, pensaria ter cometido um grande sacrilégio.

– E que sacrilégio cometeu! – disse o sentido estudante; já que, como não sou sacerdote, mas sacristão de umas freiras, o dinheiro da bolsa era o dízimo da sacristia, que eu cobrei para um sacerdote amigo meu e é dinheiro sagrado e bendito.

— Ele que se vire! — disse Rincão nesse momento. Chegará o dia do juízo, onde tudo será revelado e neste momento saberemos quem foi quem e o atrevido que se atreveu a tomar, furtar e menosprezar o dízimo da sacristia. E quanto rende anualmente? Diga-me, senhor sacristão.

— A renda a puta que me pariu! Estou aqui para dizer o quanto rende? — respondeu o sacristão com muita raiva — digam-me, irmãos, se sabem alguma coisa, senão fiquem com Deus que eu quero fazer público o sumiço da bolsa.

— Não acho que seja uma má solução — disse Cortado, — mas atente vossa mercê para não esquecer os detalhes da bolsa, nem a quantidade exata de dinheiro que está nela porque se erra em algum detalhe, não aparecerá até o fim do mundo, e isso eu dou por certo.

— Disso eu não temo já que a tenho mais gravada na memória que o tocar dos sinos, não errarei em um centavo.

Tirou do bolso um lenço rendado para secar o suor que lhe escorria do rosto como de alambique e mal tendo-o visto Cortado o quis por seu. Tendo ido o sacristão, Cortado seguiu-o e alcançou-o nas escadarias, onde o chamou para um lugar aparte. Ali começou a dizer tantos disparates sem jamais concluir sobre o furto e o encontro da bolsa, dando-lhe sempre boas esperanças. O pobre sacristão estava abobado escutando e como não conseguia entender o que dizia, pediu que repetisse duas ou três vezes.

Cortado olhava-o atentamente e não tirava os olhos de seus olhos. O sacristão olhava-o do mesmo jeito, estando preso pelas suas palavras. Este feitiço possibilitou que Cortado concluísse sua obra e sutilmente tirou-lhe o lenço do bolso. Ao se despedir, disse-lhe que se encontrassem à tarde naquele mesmo lugar, porque ele desconfiava que um menino do seu mesmo ofício e tamanho, que era um pouco ladrãozinho, tinha roubado a bolsa e que descobriria dentro de poucos ou muitos dias.

Com isto o sacristão consolou-se um pouco e despediu-se de Cortado que foi até onde estava Rincão, que tinha visto tudo um pouco afastado. Mais abaixo estava outro menino da mesma profissão que eles, que viu tudo o que tinha acontecido e como Cortado dava o lenço a Rincão. Aproximando-se deles, disse:

– Digam-me senhores, vocês são de "má entrada" ou não?

– Não entendemos o que diz – respondeu Rincão.

– Que não entendem senhores múrcios? – respondeu o outro.

– Não somos de Tebas nem de Múrcia – disse Cortado – se quer outra coisa, diga, se não, vá com Deus!

– Não entendem? – disse o menino – Pois eu os farei entender. Quero dizer senhores, se são vossas Mercedes ladrões. Mas não sei por que pergunto isto, pois sei que são. Mas me digam: como não foram à Aduana do senhor Monipódio?

– Nesta terra se pagam impostos de ladrão, senhor? – disse Rincão.

– Se não se pagam, pelo menos se registram ante o senhor Monipódio, que é pai, mestre e amparo. Assim, aconselho-os que venham comigo a dar-lhe obediência, se não, não se atrevam a roubar sem a sua autorização que lhes custará caro.

– Eu pensei – disse Cortado – que furtar era livre ofício, isento de imposto, dando por fiadores apenas a garganta e as costas. Mas cada terra tem sua regra e respeitamos a desta, que por ser a principal do mundo, será a mais certa de todas. E então pode vossa mercê nos guiar até o cavalheiro que diz, que eu já tenho notícias, segundo o que escutei, que é muito qualificado e generoso, além de hábil no ofício.

— E como é hábil, qualificado e auto-suficiente! — respondeu o moço. É tanto que nos quatro anos que ocupa o cargo de ser nosso superior e pai, padeceram apenas quatro no *finibusterrae*.

— Na verdade, senhor — disse Rincão — entendemos tanto desses nomes quanto de voar.

— Comecemos a andar que lhes irei explicando pelo caminho — respondeu o menino — e algumas outras coisas, que lhes convém saber de memória.

E assim lhes foi dizendo outros nomes no transcurso de sua conversa que não foi curta porque longo era o caminho. Então, disse Rincão a seu guia:

— Por ventura, vossa mercê é ladrão?

— Sim, respondeu ele, para servir a Deus e às boas pessoas, ainda que não seja um dos mais cursados, ainda estou no ano de noviciado.

Ao que respondeu Cortado:

— É novo para mim que no mundo existam ladrões para servir a Deus e às boas pessoas.

Ao que respondeu o menino:

— Senhor, eu não me meto em teologias. O que eu sei é que cada um em seu ofício pode louvar a Deus e mais com a ordem que tem dado Monipódio a todos seus afilhados.

— Sem dúvida deve ser boa e santa, pois faz com que ladrões sirvam a Deus — disse Rincão.

— É tão santa e boa — replicou o menino — que não sei se haverá melhor em nossa arte. Ordenou-nos que do que roubemos demos alguma coisa de esmola para o óleo da lâmpada de uma imagem muito devotada desta cidade e a verdade é que vimos grandes feitos por esta boa obra. Há alguns dias deram três *ânsias* em um *quatrero* que havia roubado dois *rosnos*. Mesmo estando fraco e com febre, sofreu-as como se não fossem nada. E isso, atribuímos à sua boa devoção, porque as suas forças não eram suficientes para sofrer o primeiro *desconcerto* do verdugo. E porque sei que vão me perguntar algumas das palavras das que disse, quero dizer antes que me perguntem. Saibam vocês que um *quatrero* é um ladrão de animais; *ânsia* é um tormento; *rosnos*, os asnos; primeiro desconcerto são as primeiras voltas que o verdugo dá à corda. Temos mais: rezamos nosso rosário, distribuído ao longo da semana, e muitos de nós não roubamos nas sextas-feiras, nem falamos com mulher que se chame Maria, aos sábados.

— Tudo isso me parece precioso — disse Cortado —; mas diga-me: se faz alguma outra restituição ou penitência além da já dita?

— Sobre restituir não há nada o que falar — respondeu o menino — porque é impossível. Em muitas partes se divide o que foi roubado, levando cada um a sua parte; assim, o primeiro furtador não pode restituir nada. Além disso, não há quem nos mande fazer esta diligência, porque nunca nos confessamos e se são feitas cartas de excomunhão nunca sabemos, porque nunca vamos à igreja na hora em que se lêem, salvo nos dias de jubileu, pelo lucro que nos oferece a grande multidão de pessoas ali reunidas.

— E somente com isso que fazem dizem esses senhores que a sua vida é boa e santa? – disse Cortado.

— Pois, o que há de mal? — replicou o menino. Não é pior ser herege, renegado, matar seu pai ou sua mãe ou ser *solomico*?

— Sodomita, você quer dizer — respondeu Rincão.

— Isso digo — disse o menino.

— Tudo é mal — replicou Cortado. Mas nossa sorte quis que entrássemos nessa Confraria. Vossa mercê acelere o passo, que estou ansioso para ver o senhor Monipódio, de quem tantas virtudes contam.

— Logo se cumprirá o seu desejo — disse o menino — que daqui se vê a casa. Vossas Mercedes fiquem na porta, que eu entrarei para ver se ele está desocupado porque a esta hora ele costuma dar audiência.

— Aqui esperaremos — disse Rincão.

E o menino entrou na casa que não era de boa, mas de muito má aparência. E os dois ficaram esperando na porta. Logo saiu e os chamou-os. Eles entraram e seu guia mandou-lhes esperar em um pequeno pátio azulejado, tão limpo e arrumado que parecia carmim do mais fino. De um lado estava um banco de três pés e do outro um cântaro destapado, com um pequeno jarro em cima, não menos simples que o cântaro. Do outro lado estava um tapete de palha e no meio um vaso de manjericão, que em Sevilha chamam *maceta*.

Os meninos olhavam atentamente os adornos da casa, enquanto esperavam descer o senhor Monipódio e, vendo que demorava, Rincão se atreveu a entrar em uma sala baixa, das duas pequenas que estavam no pátio. Viu nela duas espadas de esgrima e dois escudos de cortiça, pendurados por quatro pregos; uma arca sem tampa ou coisa que a cobrisse e outros três tapetes de palha esticados pelo chão. Na parede da frente estava colada a imagem de Nossa Senhora, destas mal feitas e mais abaixo pendia uma cesta de palma. Encaixada na parede, uma bacia branca por onde inferiu Rincão que a cesta servia de apoio para a esmola e a bacia, para a água benta. E assim era verdade.

Estando nisso, entraram na casa dois meninos de aproximadamente vinte anos cada um, vestidos de estudante e, logo depois dois que compartilhavam o mesmo ofício de Rincão e Cortado e um cego e sem falar nada, começaram a andar pelo pátio. Não demorou muito e entraram dois velhos de roupão com óculos, com grandes rosários de barulhentas contas em suas mãos, que faziam com que eles tivessem um ar de gravidade digno de ser respeitado. Atrás deles entrou uma velha com longa saia e, sem dizer nada, dirigiu-se à sala. Bebendo água benta, com grandíssima devoção, colocou-se de joelhos perante a imagem. Depois de algum tempo, tendo primeiro beijado três vezes o chão e levantado os braços e os olhos ao céu outras tantas vezes, levantou-se e colocou sua esmola na cesta e dirigiu-se ao pátio com os demais. Em resumo, em pouco tempo se reuniram no pátio mais ou menos quatorze pessoas de diferentes trajes e ofícios. Chegaram por último dois valentes e bizarros jovens de longos bigodes, chapéus de grandes abas, camisas de gola alta, meias coloridas, ligas encorpadas, espadas de grande marca, vistosos pistoletes em lugar de adagas e escudos pendurados na correia. Logo que entraram, puseram os olhos em Rincão e Cortado. Aqueles estranharam estes dois e não os reconheceram e, chegando até eles, perguntaram-lhes se eram da Confraria. Rincão respondeu que sim e que era seu humilde servidor.

Chegou o momento em que desceu o senhor Monipódio, tão esperado como bem visto por aquela virtuosa companhia.

Aparentava ter quarenta e cinco, quarenta e seis anos, alto, de rosto moreno, sobrancelhas espessas, barba negra e muito fechada, os olhos fundos. Vestia camisa, e pela abertura, se via um bosque, tanto era o pêlo que tinha no peito. Vestia uma capa de algodão quase até os pés que tinham umas sandálias. Cobriam suas pernas um calção de algodão largo e comprido até o tornozelo; o chapéu era dos de bandido, em formato de cone e com longas abas. Cruzava em seu peito e em suas costas uma capa na qual pendia uma espada larga e curta, com a forma de gatilho. As suas mãos eram curtas, peludas e de dedos grossos; as unhas cortadas e aparadas; as pernas não aparentavam, mas os pés eram descomunalmente largos e joanetudos. Com efeito, ele parecia ser o mais rude e disforme bárbaro do mundo.

Desceu com ele o guia dos dois e, apertando-lhes as mãos, apresentou-os a Monipódio, dizendo-lhe:

— Estes são os dois bons rapazes que falei a vossa mercê, meu senhor Monipódio. Vossa mercê avalie-os e veja como são dignos de entrar em nossa congregação.

— Isso farei com muito prazer — respondeu Monipódio.

Esquecia-me de dizer que, assim que desceu Monipódio, todos os que o estavam aguardando fizeram-lhe uma profunda e longa reverência, exceto os dois bárbaros que a contra gosto, tiraram os chapéus e então continuaram o passeio por uma parte do pátio. Pela outra andava Monipódio, que perguntou aos novos o ofício, a pátria e os pais.

Ao que respondeu Rincão:

— O exercício já está dito, pois viemos ante vossa mercê; não acho muito importante dizer a pátria nem os pais, pois não há que se dar este tipo de informação para receber algum hábito honroso.

Ao que respondeu Monipódio:

– Você, meu filho, tem razão e é certo encobrir isso. Se as coisas não acontecerem como devem, não seria bom que ficasse registrado com o escrivão e nem no livro de entradas: "Fulano, filho de fulano, nascido em tal lugar, tal dia o enforcaram ou o açoitaram" ou coisa semelhante que soa mal aos ouvidos. E assim, volto a dizer que é prudente calar a pátria, encobrir os pais e mudar os nomes próprios, ainda que entre nós não deva haver nada encoberto. Por isso quero saber agora o nome dos dois.

Rincão disse o seu e Cortado também.

– Pois, de agora em diante – respondeu Monipódio – quero e é minha vontade que você Rincão, se chame Rinconete, e você, Cortado, Cortadilho, que são nomes que cabem perfeitamente à idade de vocês. A nossa Ordem necessita saber o nome dos pais de nossos confrades, porque temos por costume mandar rezar a cada ano algumas missas pelas almas dos nossos defuntos e bem feitores, tirando o dinheiro da esmola para quem as reza de parte dos furtos. Estas missas, assim feitas como pagas, dizem que por meio das almas, caem graças a nossos bem feitores: o procurador que nos defende, o soldado que nos avisa, o verdugo que tem pena de nós, aquele que, quando algum de nós vai fugindo pela rua e começam a gritar: "Pega ladrão! Pega ladrão!" coloca-se no meio e opõem-se à multidão dizendo: "Deixem o coitado, que má sorte leva! Ele que se vá e que o castigue seu pecado!". São também bem feitoras as que nos amparam, que com seu suor nos socorrem, na cadeia ou nos julgamentos; também o são nossos pais e mães, que nos puseram no mundo e o escrivão, que se está de bom humor, não há delito que mereça culpa nem culpa que condene alguém. Por todos estes que disse, nossa irmandade celebra com a maior solenidade e pompa que pode.

— É certo — disse Rinconete, já aceitando seu nome — que ouvimos dizer que a sua obra é digna de altíssimo e profundíssimo respeito, senhor Monipódio. Mas nossos pais ainda estão vivos. Se a morte os alcança, daremos logo notícia a esta felicíssima e correta fraternidade, para que por suas almas se faça o que vossa mercê disse, com a solenidade e pompa de costume.

— Assim se fará ou não restará de mim um pedaço — replicou Monipódio.

E chamando o guia, disse-lhe:

— Vem aqui, Ganchuelo: as guardas estão montadas?

— Sim — disse o guia, que se chamava Ganchuelo —: três sentinelas estão em alerta e não há por que temer que nos peguem desavisados.

— Voltando, então, a nosso propósito — disse Monipódio — queria saber, filhos, o que sabem fazer, para dar-lhes trabalho dentro de sua inclinação e habilidade.

— Eu — respondeu Rinconete — sei um pouquinho de jogos de cartas, entendo do ofício, tenho boa vista para as cartas marcadas, sei vários truques e não caio em nenhum, entro na boca do lobo como quem entra em casa.

— É um começo — disse Monipódio — mas todas estas flores são velhas e tão usadas que não há principiante que não as conheça. Só servem para alguém que seja muito iniciante. Tendo sobre este tema meia dúzia de lições, estou certo que vai sair oficial famoso e, quem sabe, mestre.

— Tudo será para servir a vossa mercê e os senhores confrades – respondeu Rinconete.

— E você, Cortadilho, que sabe? – perguntou Monipódio.

— Eu – respondeu Cortadilho – sei o truque que dizem coloque dois e tire cinco; sei também tirar coisas de bolsos com muita precisão e destreza.

— Sabe algo mais? – disse Monipódio.

— Não, infelizmente – respondeu Cortadilho.

— Não se aflija, filho – replicou Monipódio – que ao porto e escola vocês chegaram, que não os deixará sair sem ser bem conhecidos de tudo aquilo que lhes convém. E o estado de ânimo, como vai, filhos?

— Como nos vai – respondeu Rinconete – senão muito bom? Temos ânimo para fazer qualquer coisa que tenhamos que fazer.

— Certo – respondeu Monipódio –, mas também queria que tivessem ânimo para sofrer, se for preciso, meia dezena de sofrimentos sem desgrudar os lábios e sem falar uma palavra.

— Já sabemos o que aqui quer dizer sofrimento e para tudo temos ânimo, porque não somos tão ignorantes para não entender o que significa: a língua paga a garganta e grande castigo dá o céu ao homem atrevido que deixa em sua língua a vida ou a morte.

— Pare, não é preciso mais! – disse a essa altura Monipódio. – Digo que somente este argumento me convence, me obriga, me persuade e me força que os faça confrades maiores, sem o ano de noviciado.

— Eu sou do mesmo parecer – disse um dos valentes.

E a uma só voz confirmaram todos os presentes que tinham escutado toda a conversa e pediram a Monipódio que lhes concedesse as imunidades da confraria e permitisse gozar delas, porque sua presença agradável e sua boa fala mereciam isso. Ele respondeu que, para deixar a todos contentes, desde aquele momento lhes concedia o que havia pedido. Disse-lhes que estimassem muito sua decisão porque era não pagar imposto pelo primeiro furto que fizessem, não trabalhar em ofícios menores durante aquele ano, beber vinho puro, comer quando, como e onde quisessem, sem pedir licença ao seu superior; uma entrada a parte, com os irmãos mais velhos e como um deles e outras coisas que tiveram como grandes conquistas. Os demais, com palavras comedidas, agradeceram-lhe muito.

Estando nisso, entrou um menino correndo e ofegante. Disse:

— O oficial dos vagabundos vem a caminho desta casa, mas não traz consigo tropa.

— Ninguém se alvoroce — disse Monipódio — é amigo e nunca vem contra nós. Acalmem-se que eu sairei para falar com ele.

Todos se acalmaram, pois já estavam um pouco exaltados. Monipódio saiu à porta, onde encontrou o oficial, com o qual esteve falando um pouco. Logo voltou a entrar e perguntou:

— A quem coube hoje a praça de São Salvador?

— A mim — disse o guia.

— Pois — disse Monipódio — como não recebi uma bolsinha de âmbar que naquele lugar se perdeu com quinze escudos de ouro e dois reais e não sei quantos quartos?

— É verdade — disse o guia — que hoje sumiu essa bolsa, mas eu não a peguei e não posso imaginar quem a tenha pego.

— Não há brincadeiras comigo! — replicou Monipódio — A bolsa tem que aparecer, porque a pede o oficial, que é amigo e nos faz mil favores ao ano!

O menino voltou a jurar que não sabia nada dela. Encolerizou-se Monipódio de tal maneira que parecia que lançava fogo dos olhos, dizendo:

— Ninguém brinque de burlar a mais mínima coisa da nossa ordem, que lhe custará a vida! Que apareça a bolsa! Se não aparecer, eu lhe darei o que cabe e porei mais de minha casa, porque de qualquer jeito o oficial tem que ir satisfeito.

Voltou a jurar que não a tinha pegado, nem seus olhos visto a bolsa, o que deixou Monipódio com mais raiva. A situação deu ocasião que a junta se alvoroçasse, vendo que se quebravam seus estatutos e boas ordens.

Vendo Rinconete tanto alvoroço, pareceu-lhe que seria bom acalmar e deixar contente seu superior, que estourava de raiva. Aconselhou-se com seu amigo Cortadilho e, estando ambos de acordo, tirou a bolsa do sacristão e disse:

— Acabem toda a discussão, senhores, que esta é a bolsa, sem faltar nada do que o oficial manifesta; que hoje meu camarada Cortadilho a pegou, além do lenço do mesmo dono.

— Em seguida Cortadilho tirou o lenço e mostrou-o. Vendo-o, disse Monipódio:

— Cortadilho, o bom, que com esse título ficará a partir de agora. Fique com o lenço que o pago por minha conta. A bolsa será entregue ao oficial, que é de um parente seu sacristão, e convém que se cumpra aquele refrão que diz: "Não é muito que a quem te dá galinha inteira, devolver uma perna dela". Mais tolera este bom oficial em um dia que nós em cem.

De comum consentimento todos aprovaram a fidalguia dos dois novos membros e a sentença e parecer de seu maioral, que saiu para entregar a bolsa ao oficial. A Cortadilho se confirmou o apelido de bom, como se fosse Dom Alonso Pérez de Guzmán, o Bom, que atirou a faca pelos muros de Tarifa para degolar seu último sobrevivente.

Ao voltar, porque voltou Monipódio, entraram com ele duas moças. Com os rostos maquiados, os lábios cheios de cor e peitos brancos, cobertas com meio manto de seda, alegres e desavergonhadas: sinais claros pelos quais, vendo-as Rinconete e Cortadilho, souberam que eram do campo e não se enganaram. E assim como entraram, foram de braços abertos, uma a Chiquiznaque e a outra a Maniferro, que estes eram os nomes dos dois valentes. O de Maniferro era porque tinha uma mão de ferro, no lugar da que tinham cortado por justiça. Abraçaram-nas com grande regozijo e perguntaram-lhes se traziam alguma coisa para molhar a garganta.

— Pois, como poderia faltar, meu senhor? — respondeu uma que se chamava Gananciosa. Não vai demorar muito para chegar Assoviozinho, seu vassalo, com a cesta cheia do que Deus serviu.

E foi o que aconteceu, porque no mesmo instante entrou um menino com uma cesta coberta com um pano.

Todos se alegraram com a entrada de Assovio, e Monipódio mandou tirar um dos tapetes de palha que estavam no aposento e esticá-lo no meio do pátio. Também ordenou que todos se sentassem em círculo, porque passada a cólera, tratariam do que mais conviesse. Nisto, disse a velha que tinha rezado para a imagem:

— Meu filho, Monipódio, não estou para festas, porque tenho há dois dias uma dor de cabeça que me deixa louca. E mais, antes que seja meio-dia tenho que cumprir minhas devoções e pôr minhas velinhas à Nossa Senhora das Águas e ao Santo Crucifixo de Santo Agostinho, o que não deixaria de fazer nem que nevasse ou ventasse. O que quero dizer é que ontem à noite, Renegado e Centopéia levaram à minha casa uma cesta, um pouco maior que a presente, cheia de roupa branca. Juro por Deus e por minha alma que as roupas estavam alvejadas. Os pobrezinhos vinham suando que dava pena vê-los entrar ofegantes e suados, pareciam uns anjinhos. Disseram-me que iam atrás de um pecuarista que tinha vendido alguns carneiros no açougue, para ver se podiam dar conta da grandíssima quantidade de reais que levava. Não tiraram da cesta nem contaram a roupa, confiando na inteireza da minha consciência e assim cumpra Deus meus bons desejos e livre-nos a todos do poder da justiça, porque não toquei a cesta, e ela está tão inteira como quando nasceu.

— Acreditamos no que a senhora diz — respondeu Monipódio — e que a cesta continue assim. Eu irei até lá, verei tudo o que tem e darei a cada um o que lhe cabe, como tenho por costume.

— Seja como mandas, filho — respondeu a velha — e porque já preciso ir, dá-me um golezinho, para consolar este estômago que anda tão desmaiado.

— E como vais beber! — disse a esta altura Escalanta, que assim se chamava a companheira de Gananciosa.

Descobrindo a cesta, apareceu uma bota de couro, com dois litros de vinho e um copo que poderia conter tranqüilamente os dois litros. Pegando-o Escalanta, encheu-o e colocou-o na mão da devotíssima senhora, que, segurando-o com as duas mãos e soprando um pouco a espuma, disse:

— Você colocou muito, Escalanta, mas Deus me dará forças para beber tudo.

Colocando-o nos lábios de uma vez, sem respirar, virou tudo do copo ao estômago, e disse:

— É de Guadalcanal, não é falso o senhorito. Deus te console, filha, que assim me consolaste. Temo que vá me fazer mal porque não tomei café da manhã.

— Não fará – respondeu Monipódio, – porque é bem envelhecido.

— Assim espero em Nossa Senhora – respondeu a velha.

E completou:

— Meninas, por acaso vocês têm algum trocado para eu comprar as velinhas da minha devoção? Porque esqueci em casa a bolsa com a pressa e a vontade que tinha de vir para trazer as novidades sobre a cesta.

— Eu tenho senhora Pipota – (que este era o nome da boa velha) – respondeu a Gananciosa – tome, lhe dou dois quartos: rogo-lhe que compre uma para mim e coloque ao senhor São Miguel. Pode comprar duas e coloque a outra ao senhor São Brás, que são estes os meus santos. Gostaria que colocasse outra à Santa Lucia, que por ser a Santa dos olhos, também lhe tenho devoção, mas não tenho mais dinheiro, outro dia eu levo.

— Fará muito bem, filha, e não sejas miserável; porque é muito importante que as pessoas levem as velas antes que morram e não esperem que as coloquem os herdeiros ou o testamenteiro.

— É correto, mãe Pipota – disse Escalanta.

E colocando a mão na bolsa deu-lhe outro quarto e lhe pediu que colocasse outras duas velinhas aos santos de sua devoção. Assim, foi Pipota dizendo-lhes:

— Aproveitem, filhos, que agora têm tempo, que virá a velhice e chorarão os momentos que perderam na mocidade, como eu choro. Encomendem-me a Deus em suas orações que eu farei o mesmo por mim e por vocês, que Ele nos livre e conserve no nosso perigoso trabalho, sem sobressaltos com a justiça.

E se foi.

Tendo ido a velha, todos se sentaram em volta do tapete. Gananciosa fez do lençol uma toalha. O primeiro que tirou da cesta foi um maço de rabanetes e duas dúzias de laranjas e limões. Em seguida, uma panela grande, cheia de pedaços de bacalhau frito. Apareceu também meio queijo de Flandres, uma panela com azeitonas, um prato de camarões, uma grande quantidade de caranguejos (com seu molho de alcaparras refogadas em pimentões). Seriam quatorze os que estavam almoçando. Aos dois velhos de túnica e ao guia couberam servir o vinho. Mas, apenas tinham começado a comer as laranjas, todos se assustaram com os golpes que davam na porta. Monipódio mandou que ficassem calmos. Entrando na sala baixa e pegando um escudo, posto junto com a espada, chegou até a porta e com voz profunda e espantosa perguntou:

— Quem bate?

Responderam de fora:

— Sou eu, que não sou ninguém, senhor Monipódio. Sou Tagarete, sentinela desta manhã, e venho dizer que está aqui Juliana, a Carafarta, toda desgrenhada e chorosa. Parece que lhe aconteceu algum desastre.

Nisso chegou soluçando a que se anunciava. Monipódio abriu a porta e mandou que Tagarete voltasse ao seu posto e que dali por diante avisasse com menos estrondo e ruído o que acontecia.

Ele disse que assim o faria. Entrou Carafarta, que era uma moça do mesmo tipo e do mesmo ofício das outras. Vinha descabelada e com rosto cheio de hematomas. Mal entrando no pátio, caiu desmaiada no chão. Socorreram-na Gananciosa e Escalanta e, abrindo seu vestido, viram-na toda machucada. Jogaram-lhe água no rosto e ela voltou a si, dizendo em voz alta:

— A justiça de Deus e do Rei caia sobre aquele ladrão descarado, sobre aquele covarde furtador, sobre aquele pícaro piolhento, que o tirei mais vezes da forca do que pêlos tem na barba! Pobre de mim! Olhem por quem perdi e gastei minha juventude e a flor dos meus anos, um malvado desalmado, um delinqüente e incorrigível!

— Tranquliza-te, Carafarta – disse neste momento Monipódio – que aqui estou para te fazer justiça. Conta-nos o que aconteceu, que bastará com que contes para que eu te vingue. Diz-me se te faltou o respeito porque se é assim e queres vingança, é só dizer.

— Que respeito? – respondeu Juliana. – Vejo-me mais respeitada no inferno, como se fosse uma daquelas ovelhas na frente do leão, do que entre os homens. Eu tinha que manter e dormir na mesma cama que aquele? Preferia ver-me comida por um lobo, antes de imaginar ficar do jeito que agora vocês vão ver.

E levantando a saia até o joelho, mostrou as pernas cheias de roxos.

— Desta maneira – prosseguiu – me deixou o ingrato do Repolido, devendo-me mais que a mãe que o pariu. E, por que vocês pensam que ele fez isso? Como se eu tivesse dado motivo! Fez isso porque, estando jogando e perdendo, me mandou pedir a Cabrilha trinta reais, e não lhe enviei mais de vinte e quatro,

Rinconete e Cortadilho

que consegui com um trabalho e afã que rogo aos céus que venham em desconto dos meus pecados. E, em pagamento desta cortesia, crendo que lhe roubava algo da conta que ele tinha feito esta manhã, levou-me ao cambo, atrás da Horta do Rei e ali, entre uns olivares, tirou a minha roupa e com um açoite me bateu tanto que me deixou como morta. Que esta história é verdadeira, são boas testemunhas estes roxos que vêem.

Voltou a falar alto, a pedir justiça. Monopódio e todos os que ali estavam voltaram a prometer justiça. Gananciosa tomou a sua mão para consolá-la, dizendo-lhe que dera uma das suas melhores jóias porque o mesmo tinha acontecido com seu amante.

— Porque quero que saiba, se não sabe — disse —, irmã Carafarta, que aquilo que nós gostamos, castigamos. E quando estes malvados nos batem, açoitam e chutam é porque nos adoram. Se não, jura-me pela tua vida: depois que Repolido te castigou e açoitou, não te fez alguma carícia?

— Como uma? — respondeu a chorosa. Cem mil me fez e daria um dedo da mão para que eu fosse com ele até a sua pousada. Ainda acho que quase saltaram lágrimas dos seus olhos depois de ter me açoitado.

— Não se pode duvidar disso — replicou a Gananciosa. — E choraria de pena de ver como tinha te deixado. Porque este tipo de homem sente-se culpado nessas circunstâncias. Verás, irmã, se não vem te buscar antes que saiamos daqui e te pedir perdão pelo acontecido, mansamente como um cordeiro.

— A verdade — respondeu Monipódio — é que não passará por estas portas o covarde enviesado, se primeiramente não se penitenciar do delito cometido. Teria ele ousado pôr as suas mãos no rosto de Carafarta ou nas suas carnes sendo pessoa que pode competir com ele?

— Ai! — disse a esta altura Juliana. — Não fale vossa mercê mal daquele maldito, senhor Monipódio, porque mesmo sendo mal, amo-o mais do que as veias do meu coração. Voltei ao sentido com as coisas que me disse a minha amiga Gananciosa e a verdade é que estou indo procurá-lo.

— Isso você não fará pelo meu conselho — replicou Gananciosa —, porque abusará de ti como um corpo morto. Sossega, irmã, que antes do que tu pensas o verás entrar tão arrependido como te disse e se não vier, escreveremos versos que lhe amarguem a vida.

— Isso sim — disse Carafarta — que tenho mil coisas para escrever para ele.

— Eu serei o secretário quando for preciso — disse Monipódio — e ainda que de poeta não tenha nada, quando o homem se dispõe, atreve-se a fazer dois milhares de versos facilmente. Se saírem como devem, tenho um barbeiro amigo, grande poeta, que nos completará as linhas a qualquer hora. E agora acabemos o que tínhamos começado, o almoço, que depois tudo se resolverá.

Juliana foi contente, obedecendo seu superior e, assim, todos voltaram ao banquete e rapidamente viram o fundo da cesta e da garrafa. Os velhos beberam exageradamente; os moços, em abundância e as senhoras, até vomitar. Os velhos pediram licença para sair, concedida por Monipódio, que pediu que avisassem com toda a presteza tudo aquilo que fosse útil para a comunidade. Responderam que estavam atentos e se foram.

Rinconete, curioso por natureza, pedindo primeiramente desculpas e depois licença, perguntou a Monipódio de que serviam na Confraria estes dois personagens tão velhos, sérios e (mal) apessoados. Ao que respondeu Monipódio que aqueles, na sua germânica maneira de ser e falar, se chamavam olheiros e que serviam para andar de dia pela cidade, olhando em que casas se podia entrar de noite. Também seguiam aqueles que tiravam dinheiro da Contratação ou da Casa da Moeda, para ver onde o levavam e onde o colocavam. Quando descobriam, calculavam a largura do muro da casa e marcavam o lugar mais conveniente para fazer o buraco para facilitar a entrada. Em resumo, disse-lhe que eram as pessoas de maior proveito na Irmandade e que de tudo o que faziam, levavam o seu quinto, como as Suas Majestades, nas Conquistas. Eram homens sinceros, muito honrados, com boa vida e fama, temerosos a Deus e as suas consciências e que assistiam missa diariamente com forte devoção.

— E há entre eles alguns tão comedidos, especialmente estes dois que agora estão saindo, que ficam felizes com muito menos que o que legalmente lhes corresponde. Há outros dois que são mais rudes, e como algumas vezes fazem mudanças, conhecem todas as entradas e saídas da cidade.

— Tudo me parece perfeito — disse Rinconete — e queria ser de bom proveito para essa tão famosa Confraria.

— O céu sempre favorece os bons desejos — disse Monipódio.

Nesta conversa bateram à porta. Foi Monipódio ver quem era e ao perguntar responderam-lhe:

— Abra, senhor Monipódio. Sou Repolido.

Ao ouvir esta voz, Carafarta começou a gritar:

— Não abra, senhor Monipódio. Não abra para esse marinheiro de Tarpéia e a este tigre de Orcanha.

Não por causa disto Monipódio deixou de abrir a porta para Repolido. Ao ver que lhe abria a porta, Carafarta levantou-se correndo e foi para a sala dos escudos. Fechando a porta, de dentro, dizia aos gritos:

— Tirem da minha frente esta cara, este verdugo de inocentes, assustador de pombas mansas.

Maniferro e Chiquiznaque impediam Repolido que queria entrar de qualquer jeito onde estava Carafarta. Como não o deixaram, gritava:

— Tranquiliza-te, apenada minha. Vê-te casada.

— Eu, casada, malvado? — respondeu Carafarta — Olha onde ele toca! Você gostaria de casar comigo, mas eu preferia a morte que casar contigo!

— Boba — replicou Repolido —, acabemos já que é tarde. Não te envaideças em me ver falar tão lentamente e vir tão rendido. Que não me suba a raiva à cabeça porque pior será a recaída do que a queda, humilha-te e humilhemo-nos todos e não alimentemos mais desavenças.

— Mais as alimentaria eu — disse Carafarta — com tal que te levassem a um lugar que meus olhos nunca mais te vissem.

— Não digo? — respondeu Repolido — Estou percebendo, senhora prostituta, que eu tenho que pagar caro.

Nisto interveio Monipódio:

— Na minha frente não haverá ofensas: Carafarta sairá, não por ameaças, mas por respeito a mim e tudo dará certo porque as brigas entre aqueles que se amam são causa de maior prazer quando fazem as pazes. Ah, Juliana! Ah, menina! Ah, minha Carafarta. Sai que eu farei que Repolido te peça perdão de joelhos.

— Se ele fizer isso – disse Escalanta – todos nós ficaremos a seu favor e pediremos que Juliana saia.

— Se com isso demonstro a minha submissão – disse Repolido – não me renderei a um exército de soldados, mas se é pela vontade de Juliana, não ficarei só de joelhos, mas como prego, me fincarei na sua frente.

Chiquiznaque e Maniferro riram e Repolido ficou tão bravo pensando que se burlavam dele, que disse com mostras de infinita cólera:

— Qualquer um que ria ou pense rir do que eu e Juliana dissemos e nos dizemos, erra e sempre errará cada vez que rir ou pensar.

Chiquiznaque e Maniferro se olharam com um olhar tão raivoso que Monipódio se deu conta de que se não interviesse algo mal aconteceria. Pondo-se no meio deles, disse:

— Não continuem, cavaleiros, parem aqui os insultos porque os que já foram ditos são pequenos e que ninguém os tome para si.

— Estamos certos – respondeu Chiquiznaque – que estes insultos não foram ditos por nós. Porque se imaginássemos o falatório teríamos nas mãos o pandeiro para acompanhar.

— Também tenho aqui um pandeiro, senhor Chiquiznaque – replicou Repolido – e também, se for preciso, sei tocar o chocalho. Já disse que quem comentar, mente. E quem outra coisa pensa que me siga. Com um palmo de espada farei que o que digo se cumpra.

E, dizendo isso, ia saindo pela porta da frente. Carafarta o estava escutando e quando sentiu que ia bravo, saiu dizendo:

— Segurem-no, que não se vá porque fará das suas. Não vêem que vai zangado e que é um Judas nisto da valentia? Volta aqui valentão do mundo e meu!

E, aproximando-se dele, segurou sua capa com força. Acudiu também Monipódio e detiveram-no. Chiquiznaque e Maniferro não sabiam o que fazer e ficaram esperando para ver o que faria Repolido, que rogando a Carafarta e Monipódio, disse:

— Nunca os amigos devem provocar os amigos, nem burlar-se deles e ainda mais quando vêem que os amigos se zangam.

— Não há aqui nenhum amigo — respondeu Maniferro — que queira provocar ou burlar outro amigo. Como somos todos amigos, nos demos as mãos.

E então disse Monipódio:

— Todos vocês falaram como bons amigos e como tais dêem-se as mãos.

Deram-se as mãos. Escalanta tirou as sandálias e começou a bater como se fosse um pandeiro. Gananciosa pegou a vassoura de cerdas novas que ali se encontrava por acaso e, raspando-as, fez um som que ainda rouco e áspero combinava com o da sandália. Monipódio quebrou um prato e com dois cacos colocados entre os dedos batia com tanta rapidez que fazia contraponto à sandália e à vassoura.

Espantaram-se Rinconete e Cortadilho da invenção da vassoura, porque até então nunca tinham visto aquilo. Vendo-os, disse Maniferro:

— Admiram-se com a vassoura? Fazem bem. Porque não há no mundo música mais barata, sem tristeza e rápida do que essa. Ouvi um estudante dizer outro dia que nenhum grande músico inventou melhor gênero, tão fácil de aprender e de tocar, tão sem acessórios, de cascos e cordas e sem necessidade de se aquecer. Dizem que o inventou um homem dessa cidade.

– Nisto eu acredito – respondeu Rinconete –, mas vamos escutar o que querem cantar nossos músicos. Parece que Gananciosa cuspiu, sinal de que quer cantar.

E era verdade, porque Monipódio lhe havia pedido que cantasse algumas *seguidillas* das que se cantavam. Quem começou foi Escalanta. Com voz sutil e quebradiça cantou o seguinte:

Por um sevilhano, branco como um Valão
está queimado todo o meu coração.
Gananciosa continuou cantando:

Por um moreninho de cor verde,
Qual é a fogosa que não se perde?

E logo Monipódio, batendo rapidamente os cacos, disse:

Riem dois amantes, faz-se a paz:
Se a briga é grande, o prazer é mais.

A Carafarta não quis passar em silêncio e, pegando outra sandália, se colocou na dança e acompanhou os demais dizendo:

Pára, zangado, não me açoites mais;
Porque se vê bem, na tua carne dás.

– Cantemos de maneira simples – disse a essa altura Repolido

— e não se toquem em histórias passadas, que não há por quê. O passado é passado. Tomemos outro caminho e chega.

Tão animados estavam que não parariam de cantar o começado canto se não ouvissem bater à porta. Monipódio saiu para ver quem era e a sentinela contou-lhe que vinham pela rua o juiz e na frente dele Tordilho e Cernícalo, dois encarregados da justiça. Escutaram-nos os de dentro e alvoroçaram-se de maneira que Carafarta e Escalanta colocaram os sapatos ao contrário. Gananciosa deixou a vassoura, Monipódio seus cacos e ficou em silêncio o que era música. Chiquiznaque emudeceu, Repolido ficou pasmo e Maniferro ficou parado. Todos, por um ou outro lado, desapareceram subindo pelo forro e telhado, para fugir. Nunca um arcabuz disparou tão fora de hora, nem um trovão repentino assustou um bando de tranqüilas pombas, como colocou em alvoroço e espanto toda aquela companhia a nova vinda do juiz. Os dois noviços, Rinconete e Cortadilho, não sabiam o que fazer e ficaram parados esperando ver no que dava aquele repentino temporal que não diminuiu até que o sentinela voltasse para dizer que o juiz tinha passado reto, sem dar mostras de ressalva ou suspeita alguma.

Quando contava isso a Monipódio, chegou um jovem cavaleiro vestido, como se costuma dizer, à paisana. Monipódio entrou com ele e mandou chamar Chiquiznaque, Maniferro e Repolido e que não descesse nenhum outro. Como tinham ficado no pátio, Rinconete e Cortadilho puderam escutar toda a conversa entre Monipódio e o cavaleiro recém chegado que perguntou por que se tinha feito tão mal o que havia encomendado. Monipódio respondeu que ainda não sabia, mas que ali estava o oficial encarregado do negócio que lhe explicaria.

Nisto desceu Chiquiznaque, e Monipódio perguntou-lhe se tinha cumprido a obra encomendada de quatorze facadas.

— Qual? — respondeu Chiquiznaque — A do comerciante da encruzilhada?

— Essa mesmo — disse o cavaleiro.

— Pois — respondeu Chiquiznaque — eu lhe esperei ontem à noite na porta da sua casa, ele chegou antes da oração. Aproximei-me dele, olhei o rosto dele e vi que era tão pequeno que era completamente impossível caber nele quatorze facadas. Achando-me impossibilitado de poder cumprir o prometido e de fazer as coisas que levava em minha *destruição...*

— *Instrução* é o que quer dizer — disse o cavaleiro — e não *destruição*.

— Isso quis dizer. - respondeu Chiquiznaque — Digo que, vendo que no seu estreito e pequeno rosto não caberiam as facadas propostas, para que não fosse minha ida em vão, dei as facadas no seu criado. Seguramente podem ver as marcas.

— Mais quisera — disse o cavaleiro — que tivesse dado sete ao amo que quatorze ao criado! Resumindo, comigo não se cumpriu o que era o combinado. Mas não importa, pouca falta me farão os trinta ducados que deixei de sinal. Beijo a mão de vossas Mercedes.

Dizendo isso, pegou o chapéu e deu as costas para ir embora, mas Monipódio segurou a capa que vestia e disse:

— Vossa mercê pare e cumpra com a sua palavra, pois nós cumprimos com a nossa: faltam vinte ducados e vossa mercê não há de sair daqui sem dá-los em espécie ou em coisas que o valham.

— A isso chama vossa mercê cumprimento de palavra? — respondeu o cavalheiro. Dar a facada no criado tendo que dá-la no amo?

— Como o senhor tem as coisas claras! — disse Chiquiznaque. — Até parece que não conhece o ditado que diz: "Quem bem quer a Beltrão, bem quer a seu cão".

— Mas de que modo pode servir este refrão para a ocasião? — replicou o cavaleiro.

— Pois não dá no mesmo — prosseguiu Chiquiznaque — dizer: "Quem mal quer a Beltrão, mal quer a seu cão"? Deste modo, Beltrão é o comerciante, você o mal quer; seu criado é seu cão; e dando ao cão se dá a Beltrão e assim se liqüida a dívida, por isso não há outra opção senão pagar.

— Isso eu também digo — disse Monipódio — e da boca você me tirou, Chiquiznaque amigo, tudo o que disse. E vossa mercê, senhor galã, não se meta em confusão com seus servidores e amigos, mas aceite o meu conselho e pague logo pelo trabalho. E se for preciso que se dê facada ao amo, na quantidade que seu rosto permita, assim o faremos.

— Se assim for — respondeu o jovem — com boa vontade pagarei as duas por inteiro.

— Não duvide disso — disse Monipódio —. Chiquiznaque lhe fará um corte de modo que pareça que está ali desde que nasceu.

— Pois com essa certeza e promessa — respondeu o cavaleiro — receba este colar em penhor dos vinte ducados atrasados e de quarenta que ofereço pela futura facada. Custa mil reais e pode ser que fique arrematado porque penso que será preciso pelo menos outras quatorze facadas.

Nisto tirou do pescoço um colar e entregou-o a Monipódio,

que pela cor e peso viu que não era falso. Monipódio recebeu-o de bom grado e cortesmente, pois era muito bem educado. A execução ficou por conta de Chiquiznaque e ocorreria naquela mesma noite. O cavaleiro foi satisfeito e logo Monipódio chamou a todos os ausentes e escondidos. Desceram todos e, colocando-se no meio deles, tirou um livro de memórias que trazia no bolso da capa e deu para que Rinconete o lesse. Rinconete o abriu e viu que na primeira folha dizia:

MEMÓRIA DAS FACADAS
QUE SE DEVEM DAR ESTA SEMANA

A primeira, ao comerciante da encruzilhada: vale cinqüenta escudos. Já foram recebidos trinta. Executor, Chiquiznaque.

— Não creio que haja outra, filho – disse Monipódio – passa adiante e olha onde diz:

MEMÓRIA DE PAULADAS

E abaixo dizia:

Ao bodegueiro da Alfafa, doze pauladas a um escudo cada uma. São suficientes oito. Término, seis dias. Executor, Maniferro.

— Já poderia apagar-se esse registro – disse Maniferro – porque esta noite o concluo.
— Algo mais filho? – perguntou Monipódio.

— Sim, outra — respondeu Rinconete — que diz assim:

Ao alfaiate corcunda que por mau nome se chama o Silgueiro, seis pauladas a pedido da dama que deixou a gargantilha. Executor, Desmochado.

— Estou surpreso, disse Monipódio — que ainda não tenha sido executado. Certamente, Desmochado não cumpriu seu dever, pois já passaram dois dias do término e não deu satisfação desta obra.
— Eu encontrei com ele ontem — disse Maniferro — e me disse que como o Corcunda estava doente, ainda não tinha cumprido seu débito.
— Acredito nisso — disse Monipódio — porque considero Desmochado um bom oficial e se não fosse por justo impedimento ele teria dado cabo a sua missão sem maiores problemas. Alguma coisa mais, mocinho?
— Não, senhor — respondeu Rinconete.
— Então, passa adiante — disse Monipódio — e vê onde diz: MEMÓRIA DOS AGRAVOS COMUNS.
Passou adiante Rinconete e na outra folha encontrou escrito:
MEMÓRIA DOS AGRAVOS COMUNS
CONVÉM SABER: VASILHAÇO, UNTOS DE MERA, PAULADAS, BURLAS, SUSTOS, ALVOROÇOS, FACADAS FALSAS, PUBLICAÇÃO DE OBITUÁRIOS, ETC.

— O que diz mais abaixo? — perguntou Monipódio.
— Diz — disse Rinconete:

Unto de mera na casa...

— Não leia a casa que já sei onde é – respondeu Monipódio – e sou eu o pedinte e executor dessa infantilidade e a conta já está boa com quatro escudos, porque o máximo são oito.

— É verdade – disse Rinconete – que está tudo escrito aqui. E mais abaixo diz:

Paulada

— Também não leia – disse Monipódio – a casa, nem onde, porque basta com que se faça o agravo sem que se diga em público. Eu me daria cem pauladas se alguém revelasse quem é, mesmo que fosse a mão que me pariu.

— O executor é – disse Rinconete – o Narigota.

— Já está feito e pago – disse Monipódio. Olha se não me engano, deve ter aí um espanto de vinte ducados; está pago a metade e o executor é a comunidade toda, e o tempo é todo o mês que estamos. E caso se cumpra ao pé da letra será uma das melhores coisas que aconteceu nessa cidade nos últimos tempos.

Dá-me o livro, jovem, porque sei que não há mais e também sei que anda pouco movimentado o ofício. Mas, depois desse tempo virá outro em que teremos que fazer mais do que queremos porque não mexe uma folha que não seja pela vontade de Deus e não faremos que ninguém venha à força. Quanto mais, que em causa própria as pessoas costumam ser valentes e não querem pagar pela obra que podem fazer com suas mãos.

— É mesmo. – disse Repolido – Mas veja Vossa Mercê, senhor Monipódio, o que nos ordena e manda que já está ficando tarde e o calor vai aumentando.

— O que tem de ser feito – respondeu Monipódio – é que cada um vá para o seu lugar e que não saia de lá até o domingo, quando nos reuniremos aqui neste mesmo lugar e tudo o que tiver sido lucrado será dividido sem prejudicar a ninguém. Rinconete, o bom, e Cortadilho trabalharão da Torre de Ouro, na periferia da cidade, até a porta da fortaleza. Poderão trabalhar à vontade com suas cartas já que vi outros, com menos habilidade que eles, sair de lá cada dia com mais de vinte reais em trocados, além da prata, com um só baralho, com quatro naipes a menos. Ganchoso lhes mostrará esta região e mesmo que vocês se estendam até São Sebastião e São Telmo, isso é de pouca importância já que é justo que ninguém entre no espaço de ninguém.

Beijaram-lhe a mão agradecendo o favor que lhes fazia e oferendo-se para levar fielmente e com recato o ofício.

Nisto tirou Monipódio um papel dobrado do bolso da capa, no qual estava a lista de confrades, e disse a Rinconete que pusesse ali o seu nome e o de Cortadilho, mas como não havia tinteiro, entregou-lhe o papel para que o levasse e na primeira ocasião escrevesse: *Rinconete e Cortadilho, confrades: noviciado: nenhum; Rinconete, espada; Cortadilho, baixo; e o dia, mês e ano. Não colocando pais nem pátria.*

Estando nisto, entrou um dos velhos olheiros e disse:

— Venho dizer a vocês que agora mesmo topei nas escadarias com o Lobinho de Málaga. Disse-me que melhorou na sua arte de tal maneira que sem roubar é capaz de ganhar do próprio Satanás nas cartas. Disse também que por estar muito cansado, não vem registrar e prestar obediência agora, mas que domingo estará aqui sem falta.

— Sempre achei – disse Monipódio – que este Lobinho seria único na sua arte porque tem as melhores e mais certeiras mãos para isso. Para ser oficial no seu ofício tanto é preciso de bons instrumentos, como de inteligência.

— Também topei – disse o velho – em uma casa de paragens, na rua Tintores, com o Judeu, vestido de clérigo, que foi se hospedar ali por ter notícia que naquela casa viviam dois adinheirados. Queria ver se conseguia jogar com eles, ainda que fosse pouca quantia. Disse também que no domingo não faltará à junta e prestará contas.

— Este Judeu também – disse Monipódio – é grande ladrão e tem muito bom conhecimento. Faz dias que não o vejo e isso não é certo. Se não se emenda eu destituo-lhe porque não tem mais ordens o ladrão que o chefe e não sabe mais do que eu. Algo mais?

— Não – disse o velho –, pelo menos que eu saiba.

— Certo – disse Monipódio. – Peguem essa miséria – e repartiu entre todos quarenta reais – e no domingo venham todos porque não faltará nada do conseguido.

Todos lhe agradeceram. Voltaram a abraçar-se Repolido e Carafarta, Escalanta e Maniferro, Gananciosa e Chiquiznaque, combinando que naquela noite, depois de ter trabalhado, se encontrariam na casa de Pipota. Para onde também disse que ia Monipódio para dar registro da cesta e que depois iria cumprir e apagar a partida da mera. Abraçou Rinconete e Cortadilho e deu sua bênção, despedindo-se deles. Recomendou que jamais tivessem pouso fixo, para a segurança de todos. Acompanhou-os Ganchoso para mostrar-lhes seus postos, lembrando-lhes que não faltassem no domingo, porque achava que Monipódio leria uma lição sobre as coisas relativas à sua arte. E se foi, deixando os companheiros admirados pelo que tinham visto.

Mesmo sendo menino, Rinconete era muito inteligente e

como tinha andado com seu pai no exercício das bulas/burlas, sabia alguma coisa da boa linguagem e achava engraçado pensar nos vocábulos que tinha escutado de Monipódio e dos demais membros da confraria e bendita comunidade. E ainda mais quando para dizer *a modo de sufrágio* tinha dito *a modo de naufrágio*; que tiravam o *estupendo*, para dizer *estipêndio*. E quando Carafarta disse que Repolido era como um marinheiro de Tarpéia e um tigre de *Ocanha* para dizer *Hircânia*, além de outras mil impertinências parecidas a estas ou semelhantes (achou especialmente engraçado quando disse que o trabalho que tinha feito para ganhar os vinte e quatro reais, o recebesse o céu em desconto dos seus pecados). Admirava-se com a segurança que tinham de ir aos céus se não faltassem às suas devoções, estando tão cheios de furtos, homicídios e de ofensas a Deus. E também ria da outra boa velha – Dona Pipota – que deixava a cesta roubada em sua casa e ia acender velas às imagens e com isso acreditava que iria ao céu calçada e vestida. Não menos lhe surpreendia a obediência e respeito que todos tinham por Monipódio, sendo um homem tão bárbaro, rústico e desalmado. Pensava no que tinha lido em seu livro de memória e nas atividades em que todos se ocupavam. Finalmente, deu-se conta de como estava descuidada de justiça a tão famosa cidade de Sevilha, pois quase ao descoberto vivia gente tão perniciosa e tão contrária à natureza humana. Pensou em aconselhar seu companheiro que não durassem muito naquela vida tão perdida, tão má, tão inquieta, tão livre e dissoluta. Mas, depois de tudo, conduzido pelos seus poucos anos e pela sua pouca experiência, esqueceu-se disso ao viver coisas que pedem outra história. E assim, deixa-se para outra ocasião contar a sua vida e milagres, como também os de seu mestre Monipódio e outros acontecimentos daqueles que compunham a infame confraria, que todos serão de grande valia e poderão servir de exemplo para aqueles que os lerem.

O Amante Generoso

— Ó lamentáveis ruínas da desafortunada Nicósia, mal enxuta do sangue dos seus corajosos e desafortunados defensores! Se agora vocês tivessem vida poderíamos lamentar juntos nossas desgraças, nesta solidão em que estamos, e quem sabe encontrando companhia nelas aliviaria nosso tormento. Esta esperança pode ter-lhes ficado, mal derrubadas torres, que outra vez, poderão se levantar. Mas eu, infeliz, que bem poderei esperar na miserável situação em que me encontro, ainda que volte ao estado anterior a este? Tal é minha desgraça que, na liberdade não tive sorte e no cativeiro, nem a tenho, nem a espero.

Estas palavras dizia um cativo cristão, olhando de uma encosta as muralhas caídas da já perdida Nicósia e assim falava com elas e fazia comparação entre suas misérias, como se elas fossem capazes de entendê-lo: condição comum dos aflitos, que, guiados pelas suas imaginações, fazem e dizem coisas alheias a toda a razão e bom discurso.

Nisto, saiu de uma tenda, das quatro que estavam montadas naquele campo, um turco, jovem de muito boa aparência e, aproximando-se do cristão, disse-lhe:

— Eu apostaria, amigo Ricardo, que teus contínuos pensamentos te trazem a estes lugares.

— Sim, trazem — respondeu Ricardo (que este era o nome do prisioneiro) — mas que ganho se em qualquer parte aonde vou não encontro nem trégua nem descanso deles, ao contrário, se mais sofrimento acrescentam-me estas ruínas que daqui se vêem?

— Dirá das ruínas de Nicósia — disse o turco.

— Pois, por quais você quer que eu diga — repetiu Ricardo — que não há outras que aos olhos aqui se ofereçam?

— Muito terá de chorar se entra nestas contemplações — replicou o turco — porque os que viram há dois anos esta nomeada e rica ilha de Chipre na sua tranqüilidade e sossego, gozando seus moradores de tudo aquilo que a felicidade humana pode conceder aos homens e agora os vê ou desterrados ou prisioneiros dela, como poderá deixar de não se doer de sua calamidade e desventura? Mas deixemos estas coisas, pois não têm solução, e vamos às tuas, que quero ver se têm e assim te peço, pelo que deve da boa vontade que te mostrei e pelo que te obriga o sermos de uma mesma pátria e termos tido a nossa infância juntos, que me digas qual é a causa que te deixa tão triste, porque aposto que só o cativeiro já é bastante para entristecer o coração mais alegre do mundo, mas imagino que ainda de mais atrás trazem a corrente tuas desgraças. Porque os ânimos generosos como o teu, não costumam se render aos comuns infortúnios, tanto que dão mostras de extraordinários sentimentos, e isso me faz crer o fato de saber que não és tão pobre que te falte para quando pedirem pelo teu resgate, nem estás nas torres do Mar Negro como algum daqueles cativos que tarde ou nunca alcança a liberdade desejada. Por isso, não tendo te tirado a má sorte as esperanças de ver-te livre e, mesmo assim, ver-te rendido a dar miseráveis mostras de tua desventura, não é muito errado pensar que tua pena procede de outra coisa que não da liberdade que perdeste. Suplico-te que me digas a causa, oferecendo-te tudo o que posso e valho. Quem sabe para que eu te sirva, a sorte fez com que eu vestisse este hábito de que não gosto. Já sabes, Ricardo, que meu amo é o juiz desta cidade (que é o mesmo que ser seu bispo). Sabes também o muito que vale e o muito que consigo com ele. Juntamente com isto, não ignoras o desejo que tenho de não morrer neste estado que parece que professo, pois, quando já não agüente, terei que confessar e publicar a gritos a fé em Jesus Cristo, de quem me afastou minha pouca idade e entendimento. Sei que tal confissão vai me custar a vida porque para não perder a da alma, darei por bem entregar a do corpo. De todo o dito, quero que infiras e que consideres o que pode ser de teu proveito – minha amizade – e que para saber que remédios e alívios pode ter o teu infortúnio é preciso que me contes, como na relação de médico e paciente, com a certeza de que guardarei teus segredos no mais escondido do silêncio.

Durante todas estas considerações Ricardo esteve calado e vendo-se obrigado por elas e pela necessidade, respondeu-lhe com estas:

– Se assim como acertou, ó amigo Mahamut – que este era o nome do turco –, no que de meus infortúnios imaginas, acertasses em sua cura, teria por bem perdida a minha liberdade e não trocaria a minha desgraça pela maior graça que se pudesse imaginar, mas eu sei que ela é tal que todo o mundo poderá saber bem a causa de onde procede, mas não haverá pessoa que se atreva, não só a encontrar-lhe remédio, mas nem sequer um alívio. E para que conheças a verdade, te contarei da maneira mais breve. Mas antes que entres no confuso labirinto de minhas penas, quero que me digas por que razão Hazán Bajá, meu amo, mandou montar as tendas e os pavilhões antes da entrada de Nicósia, onde é vice-rei, ou bajá, como os turcos chamam aos vice-reis.

– Eu te satisfarei brevemente – respondeu Mahamut – e assim saberás que é costume entre os turcos que são escolhidos vice-reis de alguma província não entrarem na cidade onde seu antecessor está até que ele saia e deixe que o que venha monte livremente a sua residência e, enquanto o novo bajá o faz, o antigo está acampado esperando o que lhe resulta de seus cargos, os quais se fazem sem que ele possa intervir e valer-se de subornos e amizades, se antes já não o fez. Feita, então, a diligência, dão ao que deixa o cargo um pergaminho fechado e selado e com ele se apresenta à Porta do Grande Senhor, que é como se fosse a Corte, ante o Grande Conselho do Turco, o qual visto pelo vice-bajá e por outros quatro bajás menores, como se disséssemos ante o presidente do Real Conselho e ouvidores, ou lhe premiam ou lhe castigam, segundo a relação da diligência, já que, se revelar-se culpado, com dinheiro resgata e livra-se do castigo; se não se revelar sua culpa, não lhe premiam, como acontece freqüentemente, com dádivas e presentes alcança o cargo que mais deseja, porque ali não se dão os cargos e ofícios por merecimento, mas por dinheiro: tudo se vende e tudo se compra. Os provedores dos cargos roubam os que têm e os destituem; deste ofício comprado sai a substância para comprar outro que mais ganância promete. Tudo acontece como eu digo, todo este império é violento, sinal que prometia não ser durável, mas, pelo que creio, e assim deve ser verdade, o império é mantido por nossos pecados, quero dizer, os daqueles que descaradamente ofendem a Deus, como eu faço. Que Ele se lembre de mim por quem Ele é! Por causa do que te disse, então, é porque seu amo, Hazán Bajá, está acampado há quatro dias e se o de Nicósia não saiu, como deveria, deve ter sido porque está muito mal, mas já estará melhor e sairá hoje ou amanhã, sem dúvida, e deverá alojar-se em umas tendas que estão atrás desta costa e que não viste. Teu amo logo entrará na cidade. E isso é o que tens que saber sobre o que me perguntaste.

— Escuta então — disse Ricardo —; mas não sei se poderei cumprir o que antes disse, que com breves palavras te contaria minha desgraça, por ser ela tão grande que não se pode medir com nenhuma razão. No entanto, farei o que puder e o que o tempo permitir. E então, primeiro te pergunto se conheces na nossa terra de Trápana uma donzela que tem a fama de ser a mulher mais bonita que há em toda a Sicília. Uma donzela, digo, por quem falavam todas as línguas curiosas e afirmavam as coisas mais estranhas, que era a mais perfeita beleza da idade passada, da presente e possivelmente do porvir; uma por quem os poetas cantavam que tinha os cabelos de ouro, que seus olhos eram sóis resplandecentes, suas bochechas rosadas, seus dentes de pérolas, seus lábios de rubi, sua garganta de alabastro e que suas partes com o todo e o todo com suas partes formavam uma maravilhosa harmonia, espalhando naturalidade sobre toda uma suavidade de cores tão perfeita que jamais encontrou o ciúme coisa que pudesse diminuir seu valor. Como é possível, Mahamut, que me ouvindo ainda não tenha dito quem é e como se chama? Sem

O Amante Generoso 151

dúvida creio que ou não me ouves ou que quando estavas em Trápana estavas fora de ti.

— A verdade, Ricardo — respondeu Mahamut — é que se a que pintaste com tantos extremos de beleza não é Leonisa, a filha de Rodolfo Florêncio, não sei quem é, porque só esta tinha a fama que você diz.

— É essa, ó Mahamut! — respondeu Ricardo — é essa, amigo, a principal causa de todo meu bem e de toda a minha desgraça. É essa, e não a liberdade perdida, por quem meus olhos derramaram e derramarão lágrimas sem fim, por quem meus suspiros incendeiam o ar perto ou longe e por quem meus pensamentos cansam o céu e os ouvidos que os escutam, essa é por quem me julgaste louco ou, pelo menos, de pouca coragem e menos ânimo. Essa Leonisa, para mim leoa — e manso cordeiro, para outro — é a que me tem neste estado miserável. Porque hás de saber que desde muito jovem, ou ao menos desde que tive uso da razão, não só a amei, mas a adorei e servi com tanta solicitude como se não houvesse na terra nem no céu outro deus a quem servir e adorar. Seus parentes e seus pais conheciam os meus desejos e jamais deram mostra que se incomodassem com eles, considerando que iam encaminhados com fim honesto e virtuoso e assim, muitas vezes, sei que conversaram com Leonisa para que me recebesse como esposo. Mas ela, que tinha os olhos postos em Cornélio, o filho de Ascânio Rótulo, que bem conheces (mancebo elegante, de mãos suaves e cabelos encaracolados, de voz suave e de amorosas palavras e, finalmente, todo feito de âmbar e de açúcar, envolto em telas e adornado de ouro e prata) não quis pô-los no meu rosto, não tão delicado como o de Cornélio, nem quis agradecer meus muitos e contínuos serviços, pagando-me com desdém. A tanto chegou o extremo de amá-la que aceitava seus desdéns e maus agradecimentos, para que não tivessem espaço os favores de Cornélio. Imagina, então, como estaria minha alma já que se aproximando da angústia do desdém e mau agradecimento, chegou a maior e mais cruel raiva: a dos ciúmes. Os pais de Leonisa fingiam não ver os favores que eu fazia, crendo, como estavam na razão de crer, que atraído pela incomparável beleza de Leonisa, Cornélio a escolheria por esposa e, com isso, teriam um genro mais rico que eu. Isso poderia ser, mas não gozava, sem arrogância, seja dito, de melhor condição que a minha, nem de mais nobres pensamentos, nem de mais conhecido valor que o meu. Aconteceu que em um dia do passado mês de maio – que neste dia faz um ano, três dias e cinco horas- soube que Leonisa e seus pais e Cornélio e os seus iam fazer uma confraternização com toda a sua parentela e criados no jardim de Ascânio, que está próximo da marina, no caminho das salinas.

— Sei bem – disse Mahamut – passa adiante, Ricardo, que mais de quatro dias estive ali, quando Deus quis, mais de quatro bons tempos.

— Soube-o – replicou Ricardo – e, no mesmo instante que o soube, minha alma foi tomada de uma fúria, uma raiva e um inferno de ciúmes, com tanta veemência que me tirou dos meus sentidos, como verá pelo que logo fiz, que foi ir até o jardim onde me disseram que estavam e ali encontrei as pessoas confraternizando e debaixo de uma árvore sentados um pouco afastados Cornélio e Leonisa. Se eles me viram, não sei; de mim sei dizer que fiquei com a imagem que vi e fiquei como estátua, sem voz nem movimento. Mas não demorou muito para que a raiva despertasse a cólera e a cólera o sangue do coração e o sangue a ira e a ira as mãos e a língua. As mãos ataram-se pelo respeito ao bonito rosto que tinha na minha frente, mas a língua rompeu o silêncio com estas palavras: "Feliz estará, ó inimiga mortal do meu descanso, em ter com tanta calma diante de teus olhos a causa que fará com que os meus vivam em perpétuo e doloroso pranto. Aproxima-te, aproxima-te, cruel, um pouco mais e enrede a tua hera neste inútil tronco que te procura, penteia ou encrespa os cabelos do teu novo Ganimedes, que suavemente te chama. Termina de entregar-te aos fogosos anos deste moço a quem contemplas, porque, perdendo a esperança de alcançar-te, acabe também com ela a vida que abomino. Pensas, por acaso, soberba e mal considerada donzela, que somente contigo se romperão as leis que no mundo se dão em semelhantes casos? Pensas que este moço, altivo por sua riqueza, arrogante por sua valentia, inexperiente por sua pouca idade, confiado pela sua linhagem, há de querer, poder ou saber guardar firmeza em teus amores, estimar o inestimável, conhecer o que conhecem os maduros e experimentados anos? Não penses, se pensas, porque o mundo não tem outra coisa boa senão repetir suas ações sempre da mesma maneira, para que ninguém se engane senão pela sua própria ignorância. Nos poucos anos está a muita inconstância; nos ricos, a soberba; a vaidade, nos arrogantes, nos bonitos, o desdém; nos que têm tudo isso, a burrice, que é mãe de todo mal acontecimento. E, ó moço, que pensas levar o prêmio, por que não te levantas deste estrado de flores onde estás e vens tirar a minha alma que tanto incomoda a tua? Não porque me ofenda o que fazes, mas porque não sabes estimar o bem que a sorte te concede e vê-se claramente que a consideras pouco, já que não queres mover-te a defendê-la para não te desarrumares. Se Aquiles tivesse esta tua descansada condição, bem certo estaria Ulisses em não sair com a sua missão, ainda que lhe mostrasse armas resplandecentes e sabres polidos. Vai, vai e diverte-te entre as donzelas de tua mãe e ali cuides dos teus cabelos e de tuas mãos, mais propensas a desfiar seda macia que empunhar a dura espada.

Ouvindo todas estas coisas, Cornélio não se levantou do lugar onde estava. Ficou quieto, olhando-me como enfeitiçado, sem se mover. Com a alta voz com que lhe disse o que você ouviu, as pessoas que andavam pela horta foram se aproximando e ficaram escutando os outros impropérios que disse a Cornélio que, animando-se com as pessoas que chegaram, porque todos eram seus parentes, criados e chegados, deu mostras de que ia se levantar, mas antes de que se levantasse, pus a mão na minha espada e investi, não só contra ele, mas contra todos os que ali estavam. Mal Leonisa viu reluzir minha espada, foi tomada por um grande desmaio, coisa que me deu mais coragem e despeito. E não sei dizer-te se os muitos que investiram contra mim tentavam apenas se defender, como quem se defende de um louco furioso, ou se a minha boa sorte e agilidade, que para maiores maus queria me guardar porque feri sete ou oito dos que achei mais a mão. A Cornélio lhe serviu sua boa agilidade, pois foi tanta a que colocou nos seus pés fugindo, que escapou das minhas mãos.

Estando neste tão claro perigo, cercado pelos meus inimigos, que ofendidos tentavam vingar-se, socorreu-me a sorte com uma solução que teria sido melhor ter deixado ali a vida, que tê-la restaurado por tão impensado caminho e vir a perdê-la a cada hora mil vezes. E foi que de improvisto apareceu no jardim uma quantidade de turcos de duas galeras de corsários de Biserta, que tinham desembarcado ali, sem ser vistos pelos sentinelas das torres da marinha, nem descobertos pelos corredores ou atalhadores da costa. Quando meus contrários os viram, deixaram-me sozinho e com rapidez se puseram em alerta: de todos os que estavam no jardim, os turcos não puderam raptar mais que a três pessoas e a Leonisa, que ainda estava desmaiada. A mim me pegaram com quatro feridas disformes, vingadas antes por minhas mãos com quatro turcos que deixei sem vida esticados no chão. Fizeram este assalto com a agilidade de costume e não muito felizes pelo acontecido foram embarcar e logo entraram no mar e a vela e o remo em pouco tempo foram usados. Contaram para ver quem lhes faltava e vendo que os mortos eram quatro soldados dos melhores e mais estimados que traziam, quiseram vingar-se em mim e assim o capitão da embarcação mandou baixar o mastro para me enforcar.

Tudo isto estava vendo Leonisa, que já tinha recobrado os sentidos e, vendo-se no poder dos corsários, derramava abundantes lágrimas e, torcendo suas mãos delicadas, sem dizer uma palavra, estava atenta tentando entender o que os turcos diziam. Um dos cristãos do remo disse-lhe em italiano que o capitão mandava enforcar aquele cristão, apontando para mim, porque tinha matado quatro dos melhores soldados das galeras. O que ouvido e entendido por Leonisa (a primeira vez que se mostrou piedosa comigo) disse ao prisioneiro que dissesse aos turcos que não me enforcassem porque perderiam um grande resgate e que lhes rogava que voltassem a Trápana que logo me resgatariam. Esta, digo, foi a primeira e ainda será a última caridade que fez comigo Leonisa e tudo para meu maior sofrimento. Escutando o que o prisioneiro lhes dizia, os turcos acreditaram e o interesse mudou a sua cólera. No outro dia pela manhã, alçando a bandeira da paz, voltaram para Trápana. Aquela noite passei com uma dor que se pode imaginar, não tanto pelas minhas feridas, mas por imaginar o perigo que corria aquela minha cruel inimiga que entre bárbaros estava.

Aproximando-se da cidade, uma galera entrou no porto e a outra ficou fora, logo se encheu todo o porto e a ribeira de cristãos e o lindo Cornélio olhava de longe o que estava acontecendo. Logo se aproximou um empregado meu para tratar do resgate. Disse a ele que não tratasse da minha liberdade, mas a de Leonisa e que desse por ela tudo o quanto valesse minha fazenda. Ordenei-lhe também que voltasse a terra e dissesse aos pais de Leonisa que me deixassem tratar do resgate de sua filha e que não se preocupassem. O capitão principal, que era um renegado grego chamado Yzuf, pediu seis mil ducados por Leonisa e quatro mil por mim, dizendo que não entregaria um sem o outro. Segundo o que soube depois, pediu esta grande soma porque estava apaixonado por Leonisa e não queria cobrar o seu resgate. Pretendia entregar-me ao capitão da outra galera, com quem dividiria os dotes, dando a mim pelo preço de quatro mil ducados e mais mil em dinheiro – que formavam cinco mil –, ficando com Leonisa por outros cinco mil. E esta foi a causa porque nos avaliou os dois em dez mil escudos. Os pais de Leonisa não ofereceram nada, atendendo a promessa feita de minha parte pelo meu empregado, nem Cornélio moveu os lábios em seu favor e assim, depois de muitas demandas e respostas, concluiu-se em dar por Leonisa cinco mil e por mim três mil ducados.

O Amante Generoso

Yzuf aceitou esta quantia, forçado pelas persuasões de seu companheiro e de todos os seus soldados, mas como meu empregado não tinha toda esta quantia de dinheiro pediu três dias para juntá-lo, com a intenção de vender minha fazenda e pagar o resgate. Disto gostou Yzuf pensando encontrar neste tempo ocasião para que o acordo não se efetivasse e disse que chegado o fim dos três dias voltaria para pegar o dinheiro. Mas a ingrata sorte, não cansada de maltratar-me, ordenou que estando do mais alto da ilha montada a sentinela dos turcos, bem dentro do mar descobriu seis velas latinas e entendeu, como foi verdade, que deveriam ser, ou a esquadra de Malta ou algumas das esquadras de Sicilia. Desceu correndo para dar a volta e, num piscar de olhos, embarcaram os turcos, que estavam na terra, ou cozinhando alguma coisa de comer, ou lavando a roupa e, zarpando com incomparável rapidez, os remos deram na água e o vento nas velas e colocadas as proas, em menos de duas horas perderam de vista as galeras e assim, cobertos com a ilha e com a noite que se aproximava, protegeram-se do medo que tinham passado.

À tua boa consideração deixo, ó Mahamut amigo, que imagines como estava meu ânimo naquela viagem, tão diferente ao que eu esperava. Mais ainda quando, no outro dia, perto do meio-dia, tendo chegado as duas galeras à ilha da Pantanalea, os turcos desceram a terra para fazer fogo e carne, como eles dizem, e mais quando vi que os capitães pulavam na terra e começaram a dividir todas as presas que tinham capturado. Cada uma destas ações foi uma dilatada morte para mim. Chegando, pois, o momento da minha partição e a de Leonisa, Yzuf, para ficar com ela, deu a Fetala (que assim se chamava o capitão da outra galera) seis cristãos, quatro para o remo e dois meninos muito bonitos, de Córsega, e a mim com eles, com o que se contentou o capitão. Mesmo estando presente nisto tudo, nunca pude entender o que diziam, ainda que soubesse o que faziam, nem entenderia naquele momento o modo de divisão feito se Fetala não se aproximasse de mim e me dissesse em italiano: "Cristão, já és meu, por dois mil escudos de ouro me deram, se quiseres a tua liberdade, terás que pagar quatro mil, senão, aqui morrerás". Perguntei se a cristã também era sua, disse-me que não, mas que Yzuf ficava com ela, com a intenção de torná-la moura e casar-se com ela. E isto era verdade porque um dos prisioneiros do remo disse-me que entendia bem o turco e tinha escutado Yzuf e Fetala tratando. Disse-lhe a meu amo que encontrasse uma maneira de ficar com a cristã e que lhe daria pelo seu resgate dez mil escudos de ouro. Respondeu-me que não era possível, mas que faria que Yzuf soubesse da grande quantia que eu oferecia pela cristã e quem sabe levado pelo interesse mudaria a sua intenção e a entregaria. Assim o fez e mandou que todos os de sua galera embarcassem logo porque queria ir a Trípoli de Berbéria de onde era. Yzuf determinou ir a Biserta e embarcaram com a mesma pressa com que costumam quando vêem galeras que temer ou roubar. Saíram apressados por parecer-lhes que o tempo mudava com mostras de temporal.

Leonisa estava em terra, mas não em uma parte que eu pudesse vê-la e embarcamos ao mesmo tempo na marina. O seu novo amo e amante levava-a pela mão e ao chegar na escada que estava colocada para unir a terra e a galera, ela virou os olhos para olhar-me, e os meus, que não se afastavam dos dela, olharam-na com tão terno sentimento e dor que, sem saber como,

O Amante Generoso

se fez uma nuvem em meus olhos que me tirou a visão, e sem ela e sem nenhum sentido, caí no chão. Disseram-me depois, que o mesmo tinha acontecido com Leonisa, porque a viram cair da escada ao mar e que Yzuf tinha se jogado atrás dela e tirado-a da água em seus braços. Isto me contaram dentro da galera do meu amo, onde tinham colocado-me sem que eu sentisse. Quando voltei do desmaio e encontrei-me sozinho na galera, e vi que a outra tinha tomado outra rota e afastava-se de nós, levando consigo metade de minha alma, ou, melhor dizendo, toda ela, meu coração cobriu-se de novo e, mais uma vez, maldisse minha sorte e chamei a morte aos gritos. Eram tantos os sentimentos que gritava, que meu amo, bravo em escutar-me, ameaçou-me com um pau grosso dizendo que se não me calasse, me maltrataria. Reprimi as lágrimas, recolhi os suspiros, acreditando que com a força com que o fazia arrebentariam abrindo a porta da minha alma, que tanto desejava abandonar este corpo miserável, mas a sorte, ainda não feliz em ter-me colocado em tal situação, decidiu acabar com tudo, tirando-me toda a esperança. Aconteceu que em um instante revelou-se a tormenta que se temia e o vento que ao meio-dia soprava e atacava-nos pela proa, reforçou-se com tanto brio que foi necessário virar a popa e deixar correr o mastro por onde o vento o quisesse levar.

O capitão tinha como designo chegar à ilha e abrigar-se nela pelo lado norte, mas aconteceu o contrário do seu desejo, porque o vento bateu com tanta fúria que, tudo o que tínhamos navegado em dois dias foi desfeito, em pouco mais de quatorze horas nos encontramos a seis ou sete milhas da ilha que tínhamos partido e, sem nenhuma solução, íamos bater nela. Não em alguma praia, mas em uns elevados penhascos que podiam ser vistos a olho nu, ameaçando as nossas vidas. Vimos do nosso lado a outra galera, onde estava Leonisa e todos os seus turcos e prisioneiros fazendo força com os remos para não bater nos penhascos. O mesmo fizeram os da nossa, pelo que parecia, com mais vantagem e esforço que os da outra, que cansados do trabalho e vencidos pela força do vento e da tormenta, soltando os remos, abandonaram-se e deixaram-se ir à vista de nossos olhos bater contra os penhascos, onde a galera deu uma batida tão forte que se desfez em pedaços. Começava a cair a noite e foi tamanho o grito dos que se perdiam e o sobressalto dos que em nosso barco temiam se perder, que nenhuma das coisas que nosso capitão mandava se entendia e fazia-se. Somente se obedecia não soltar os remos, tentando colocar a proa ao vento e jogar as âncoras no mar para distrair a morte por algum tempo, já que a tinham por certa. E, ainda que o medo de morrer fosse geral, em mim tinha efeito contrário, porque com a falsa esperança de ver no outro mundo aquela que a tão pouco tempo deste tinha partido, cada minuto que a galera demorava em dar contra o penhasco era para mim um século da mais penosa morte. As grandes ondas, que por cima do casco e da minha cabeça passavam, faziam-me estar atento para ver se nelas vinha o corpo da infeliz Leonisa.

Não quero parar agora, ó Mahamut, para contar em detalhes os sobressaltos, os temores, as ânsias, os pensamentos que naquela longa e amarga noite tive e passei, para não ir contra o que primeiro te propus de narrar brevemente minha falta de sorte. Basta dizer que foram tantos e tais que, se a morte viesse naquele tempo, teria muito pouco trabalho tirando-me a vida.

O dia apareceu com mostras de mais tormenta que a noite anterior e achamos que o barco tinha virado um grande trecho, tendo desviado do penhasco e aproximado-se de uma ponta da ilha. Vendo-nos tão perto de alcançá-la, turcos e cristãos, com forças e esperanças renovadas, continuamos remando. Depois de seis horas, dobramos a costa e encontramos o mar mais calmo e sossegado, de modo que usamos mais facilmente os remos. Abrigados pela ilha, os turcos puderam saltar em terra para ver se tinha sobrado algum resto da galera que na noite anterior tinha batido contra o penhasco. O céu ainda não quis conceder-me o alívio que esperava ter, que era ver nos meus braços o corpo de Leonisa porque, mesmo morto e despedaçado, queria ver-lhe para romper com aquela impossibilidade que a sorte me colocou de juntar-me a ele, como queriam os meus desejos. Assim, roguei a um renegado que queria desembarcar que o procurasse e visse se o mar o tinha jogado contra a beira da praia. Mas, como eu disse, tudo isso me negou o céu, pois no mesmo instante o vento voltou a embravecer, de maneira que o amparo da ilha foi de pouco proveito. Vendo isto Fetala não quis tentar a sorte, que tanto lhe perseguia, e mandou pôr a vela ao mastro e fazer levantá-la um pouco. Dirigiu a proa ao mar e a popa ao vento e tomando ele mesmo o timão, deixou-se ir pelo amplo mar, certo de que nenhum impedimento atrapalharia seu caminho. Os remos iam igualados e todas as pessoas sentadas nos bancos, sem que em toda a galera não se visse outra pessoa em pé senão o capitão, que por mais seguro que fosse, fez-se atar fortemente ao timão. Voava o barco com tanta rapidez que, em três dias e três noites, passando a vista de Trápana, Melazo e Palermo, embocou pelo farol de Micina, para espanto dos que iam dentro e daqueles que os olhavam da terra.

Enfim, para não ser tão prolixo em contar como foi a tormenta, digo que cansados, famintos e fatigados com tão longa volta, que foi descer quase toda a ilha de Sicilia, chegamos a Trípoli de Berbéria, onde a meu amo (antes de ter feito a conta do despojo e dado o que lhes cabia ao seus companheiros e guardado o seu quinto ao rei, como é de costume) deu-lhe uma dor tão forte nas costas, que depois de três dias encontrou o inferno. O rei de Trípoli e o Grande Turco (que, como você sabe, é herdeiro dos que não lhe abandonam em sua morte) ficaram com a sua herança. Estes dois tomaram todas as coisas de Fetala, meu amo, e eu coube a este, que então era rei de Trípoli e que dali a quinze dias recebeu a patente de vice-rei de Chipre, com o qual vim até aqui sem tentativa de ser resgatado, ainda que ele dissesse muitas vezes que pagaria meu resgate, já que sou homem importante. Isto lhe disseram os soldados de Fetala, mas jamais acudi a estas palavras e disse-lhes que se enganaram quando lhe disseram grandezas das minhas possibilidades. E se quiser que eu te diga a verdade do que penso, Mahamut, digo que não quero voltar por nenhum caminho que possa ter coisa que me console; quero que, ao contrário, se junte à vida de prisioneiro, os pensamentos e memórias da morte de Leonisa e que jamais me abandonem. E se é verdade que as contínuas dores forçosamente se acabam ou acabam com quem as padece, as minhas não poderão deixar de fazê-lo, porque penso dar-lhes corda de modo que, em poucos dias, acabem com a miserável vida que tão contra a minha vontade mantenho.

Este é, ó Mahamut irmão, o meu triste acontecimento, esta é a causa dos meus suspiros e de minhas lágrimas, vê agora e considera se é suficiente para tirá-los do fundo das minhas entranhas e gerá-las na seca do meu peito lastimado. Leonisa morreu e com ela minha esperança, porque, quando estava viva, mantinha-a mesmo sustentada em um fio de cabelo.

E com estas palavras a sua língua grudou no céu da boca, de modo que não pode dizer mais nenhuma palavra nem controlar as lágrimas. Como se costuma dizer, fio a fio escorriam-lhe pelo rosto, em tanta abundância, que chegaram a umedecer o chão. Mahamut acompanhou-lhe no sentimento, mas passando aquela exacerbação dos sentidos, causada pela memória renovada do amargo conto, Mahamut quis consolar Ricardo com as melhores palavras que pôde, mas ele o cortou, dizendo-lhe:

— O que tens que fazer, amigo, é aconselhar-me o que posso fazer para cair na desgraça do meu amo e de todos aqueles com quem eu falar, para que, aborrecendo-os, maltratem-me e persigam-me de tal modo que, somando dor e dor; pena e pena, alcance logo o que desejo, que é acabar com a minha vida.

— Agora serei sincero — disse Mahamut — como se costuma afirmar: que o que se sabe sentir, se sabe dizer, já que algumas vezes o sentimento emudece a língua. Como quer que seja, Ricardo, ora chegue tua dor a tuas palavras, ora elas se sobreponham, sempre encontrarás em mim um verdadeiro amigo, ou para ajuda ou para conselho, porque, ainda que meus poucos anos e o desatino que fiz em vestir este hábito denunciam que de nenhuma destas duas coisas que te ofereço podes confiar, eu procurarei que não se cumpra esta suspeita, nem que possas ter por certa tal opinião. E já que não queres ser aconselhado nem favorecido, nem por isso deixarei de fazer o que te convém, como se faz com o doente, que pede o que não lhe dão e dão-lhe o que lhe convém. Não há nessa cidade quem possa ou valha mais que o juiz, meu amo, nem o teu chefe, que vem para ser vice-rei dela, tem tanto poder. Sendo assim, eu posso dizer que sou o que mais pode na cidade, pois posso tudo o que quero com o meu patrão. Digo isto porque poderia planejar com ele para que viesses a ser seu e, estando em minha companhia, o tempo nos dirá o que temos que fazer para consolar-te, se quiseres ou puderes ter consolo, e a mim para sair desta a uma vida melhor, ou, ao menos, onde a possa ter mais segura como a deixei.

— Eu te agradeço, Mahamut — respondeu Ricardo — a amizade que me ofereces, ainda que esteja certo de que, tudo o que fizeres, não poderá resultar em meu proveito. Mas deixemos isso agora e vamos para as tendas porque, pelo que vejo, sai muita gente da cidade e, sem dúvida, é o antigo vice-rei que sai para entrar no acampamento e dar lugar a meu amo para que entre na cidade para fazer sua residência.

— Isto mesmo — disse Mahamut — vem, então, Ricardo, e verás as cerimônias com que se recebe o novo vice-rei. Gostarás de vê-las.

— Vamos — disse Ricardo —, quem sabe precise de ti se por acaso o guardião dos prisioneiros do meu amo — um renegado, pouco piedoso, nascido em Córsega — sentiu a minha falta.

Com isto, abandonaram a conversa e chegaram às tendas no tempo em que chegava o antigo vice-rei e o novo saía para recebê-lo. Ali Bajá (que assim se chama o que deixa o governo) vinha acompanhado de todos os soldados que comumente estão em Nicósia que seriam uns quinhentos. Vinham em duas alas ou filas, uns com escopetas e outros com sabres. Chegaram até a porta do novo vice-rei Hazán, rodearam-lhe e Ali Bajá, inclinando o corpo, fez reverência a Hazán e ele, com menos inclinação, cumprimentou-o. Logo entrou Ali no pavilhão de Hazán

O Amante Generoso

e os turcos subiram-lhe sobre um poderoso cavalo ricamente adornado e, trazendo-o ao centro das tendas e por todo o espaço do acampamento, gritavam dizendo em sua língua: "Viva, viva Solimán sultão e Hazán Bajá em seu nome!". Repetiram isso muitas vezes, reforçando as vozes e os alaridos. Logo voltaram para a tenda onde estava Ali Bajá, que ficou fechado nela durante uma hora, com o juiz e Hazán. Mahamut disse a Ricardo que tinham se fechado para falar do que convinha fazer na cidade, sobre as obras que Ali deixava começadas. Dali a pouco saiu o juiz na entrada da tenda e disse em voz alta em língua turca, árabe e grega que todos os que quisessem entrar para pedir justiça ou outra coisa contra Ali Bajá, podiam entrar livremente porque ali estava Hazán Bajá, a quem o Grande Senhor enviava para vice-rei de Chipre e que lhes guardaria toda razão e justiça. Com esta permissão, os soldados desocuparam a entrada da cabana e deixaram passar aqueles que quisessem. Mahamut fez com que Ricardo entrasse com ele, que, por ser escravo de Hazán, não teve a sua entrada impedida.

Gregos, cristãos e alguns turcos entraram para pedir justiça e todos de coisas de tão pouca importância que as despachou o juiz sem dar parte, sem autos, demandas nem respostas, porque todas as demandas, se não as matrimoniais, despacham-se de pé e em um segundo, mais a juízo de um bom homem que por alguma lei. Entre aqueles bárbaros, se realmente o são, o cadi é o juiz responsável por todas as causas e abrevia-as na unha, dando sentenças em um sopro, sem que haja apelação de sua decisão a outro tribunal.

Nisto entrou um chauz, que é como um ministro, e disse que estava na entrada da tenda um judeu que trazia uma belíssima cristã para vender. O juiz mandou que o fizesse entrar, saiu o chauz e voltou a entrar e com ele um venerável judeu, que trazia pela mão uma mulher tão bem arrumada e composta do jeito que não poderia estar a mais rica moura de Fez nem de Marrocos, que em arrumar-se levam vantagem a todas as africanas, mesmo se comparadas às de Argel com suas pérolas. Tinha o rosto coberto por um tafetá carmesim, no tornozelo apareciam dois cargajes (que assim se chamam as tornozeleiras em árabe) ao parecer de ouro puro e, nos braços, que por uma camisa de seda fina se descobriam trazia outros braceletes de ouro com muitas pérolas. Em resumo, no que se refere ao traje, ela vinha ricamente adornada.

Admirados por esta primeira vista, o juiz e os demais soldados, antes que dissessem ou perguntassem alguma coisa, mandaram que o judeu descobrisse o rosto da cristã. Assim o fez e revelou uma face que deslumbrou os olhos e alegrou os corações dos circundantes, como o sol que, por entre nuvens fechadas, depois de muita escuridão, oferece-se aos que lhe desejam: tal era a beleza da prisioneira cristã, tal seu brio e valentia. Mas em quem mais efeito fez a maravilhosa luz que se tinha revelado, foi no lastimado Ricardo, aquele que melhor que outro a conhecia, pois era sua cruel e amada Leonisa, que tantas vezes e com tantas lágrimas por ele tinha sido tomada e chorada como morta.

O coração do Ali ficou paralisado e transpassado com a singular beleza da cristã e no mesmo grau e com a mesma ferida encontrou-se o de Hazán, sem ficar isento da amorosa chaga o coração do juiz que, mais surpreso que todos, não conseguia parar de contemplar os bonitos olhos de Leonisa. E para aumentar as poderosas forças do amor, se há de saber que naquele mesmo momento, nasceu no coração dos três uma firme esperança de alcançá-la e assim sem querer saber o como, nem o onde, nem o quando tinha caído em poder do judeu, perguntaram-lhe o preço que queria por ela.

O cobiçoso judeu respondeu que quatro mil dobras, que vem a ser dois mil escudos. Apenas tendo declarado o preço, Ali Bajá disse que os dava por ela e que fosse logo receber o dinheiro em sua tenda. Hazán Bajá, que tinha o propósito de não perdê-la, ainda que arriscasse com isso a sua vida, lhe disse:

— Eu dou por ela as quatro mil dobras que o judeu pede e não as daria nem me oporia à compra de Ali se não fosse pelo que ele mesmo dirá que é certo. E é que esta amável escrava não pertence a nenhum de nós, mas sim e unicamente ao Grande Senhor, e assim, digo que em seu nome a compro, vejamos agora quem será o atrevido que queira tirá-la de mim.

— Serei eu — replicou Ali — porque pela mesma razão compro-a e cabe mais a mim fazer este presente ao Grande Senhor. Hazán, hoje você começa a mandar e governar este riquíssimo Reino de Chipre e estará seguro por três anos. Eu, ao contrário, fico sem nenhum cargo e precisarei encontrar meios para tê-lo. Por esta razão e por ter sido o primeiro a oferecer o preço pela prisioneira é razoável que a deixe para mim para que conquiste com ela a generosidade do Grande Senhor.

— Mais agradecido ficará o Grande Senhor comigo — respondeu Hazán — por mandá-la sem ser movido por nenhum tipo de interesse. Montarei uma galera e meus escravos a levarão.

Com estas considerações se sobressaltou Ali e levantando-se, empunhou a adaga, dizendo:

— Sendo, ó Hazán, meus desejos nobres — que são apresentar

e levar esta cristã ao Grande Senhor – e, tendo sido eu o primeiro comprador, está posto na razão e na justiça que a deixe para mim e se pensar outra coisa, esta adaga que empunho defenderá meu direito e castigará teu atrevimento.

O juiz, que estava atento a tudo isto e que não ardia em paixão menos que os dois, temeroso de ficar sem a cristã, imaginou como poderia apagar o fogo que tinha se acendido e ficar com a prisioneira sem dar suspeita da sua intenção. Assim, levantando-se, colocou-se entre os dois que também estavam de pé e disse:

– Sossega, Hazán e tu, Ali, fica quieto, porque eu estou aqui e saberei organizar as suas diferenças de modo que os dois consigam seus propósitos e que o Grande Senhor, como desejam, seja servido.

Obedeceram rapidamente as palavras do juiz e ainda que os mandasse coisa mais difícil, eles a fariam, tanto é o respeito que aqueles homens têm por seu cabelo branco. Então o juiz prosseguiu dizendo:

– Dizes, Ali, que queres esta cristã para o Grande Senhor, e Hazán diz a mesma coisa. Alegas que por ser o primeiro em oferecer o preço, deve ser tua; Hazán o contradiz e, ainda que não saiba fundamentar sua razão, eu acredito que tem a mesma que tu. Ambos têm a intenção, que sem dúvida nasceu ao mesmo tempo, de comprar a escrava para a mesma finalidade. Levaste a vantagem de ter declarado primeiro e isto não deve ser empecilho para que fique defraudado o bom desejo dele. Assim, parece-me bem organizar desta forma: que a escrava seja de ambos e o uso dela ficará à mercê do Grande Senhor, para quem foi comprada. Pagarás, Hazán, duas mil dobras e Ali outras duas mil e a prisioneira ficará em meu poder para que em nome de ambos eu a envie a Constantinopla. Ofereço-me para enviar por minha conta a prisioneira, com a autoridade e decência que se deve a quem se envia, escrevendo ao Grande Senhor tudo o que aconteceu e o ânimo que os dois mostraram a seu serviço.

Os dois apaixonados turcos não souberam, não puderam, nem quiseram contradizê-lo e, ainda que vissem que por aquele caminho não alcançariam seu desejo, tiveram que aceitar o parecer do juiz. E no seu íntimo, cada um deles, criou uma esperança que, mesmo duvidosa, prometia-lhes poder chegar a consumar o seu desejo. Hazán, que ficava como vice-rei em Chipre, pensava dar tantas dádivas ao juiz que, vencido e obrigado, entregar-lhe-ia a prisioneira; Ali imaginou fazer alguma coisa que lhe assegurasse sair com o que desejava. E cada um tendo seu desígnio como certo, aceitou com facilidade o que quis o juiz e, com o consentimento e vontade dos dois, logo a entregaram ao juiz e pagaram ao judeu duas mil dobras cada um. O judeu disse que não a entregaria com o vestido que usava, porque valia outras duas mil dobras, o que era verdade porque no cabelo, que trazia solto pelas costas e preso e enlaçado na parte da frente, aparecia algumas fileiras de pérolas que se enredavam com muita delicadeza neles. Os tornozelos e as mãos também estavam cheias de pérolas grossas. O vestido era verde, todo bordado e cheio de trancinhas de ouro. Enfim, a todos pareceu que o judeu pediu pouco pelo vestido e o juiz, para não se mostrar menos generoso que os dois outros disse que ele queria pagar para que daquele jeito se apresentasse a cristã ao Grande Senhor. Os dois competidores aceitaram, crendo cada um que tudo aquilo cairia em seu poder.

Falta dizer agora o que sentiu Ricardo ao ver sua alma sendo negociada e os pensamentos que naquele momento lhe vieram e os temores que lhe sobressaltaram, vendo que o ter achado a sua querida era para mais perdê-la. Não sabia se estava dormindo ou acordado, não acreditando no que seus olhos viam. Parecia-lhe coisa impossível ver tão diante de seus olhos a que pensava que para sempre os tinha fechado. Nisto aproximou-se seu amigo Mahamut e lhe disse:

— Não a conheces, amigo?

— Não a conheço, disse Mahamut.

— Pois vais saber – replicou Ricardo – que é Leonisa.

— O que é que disseste, Ricardo? – disse Mahmut.

— O que ouviste – disse Ricardo.

— Então cala e não o reveles – disse Mahamut – porque a sorte vai ordenando que a tenhas boa e próspera, porque Leonisa vai ficar sob o poder de meu amo.

— Achas bom – disse Ricardo – que eu me coloque em algum lugar onde possa ser visto por ela?

— Não – disse Mahamut – para que não a sobressalte ou te sobressaltes. Não dês indícios que a conhece, nem que a viste, porque poderia ser o fracasso do meu plano.

— Seguirei o que dizes – respondeu Ricardo.

E assim Ricardo andou fugindo de que seus olhos encontrassem com os de Leonisa, que tinha os seus, enquanto tudo isso acontecia, cravados no chão, derramando algumas lágrimas. O juiz se aproximou dela e, pegando-a pela mão, entregou-a a Mahamut, mandando-lhe que a levasse para a cidade e entregasse-a a sua senhora, Halima, e dissesse-lhe que a tratasse como a escrava do Grande Senhor. Assim o fez Mahamut e deixou Ricardo sozinho, que foi seguindo a sua estrela com os olhos até

O Amante Generoso 171

que foi coberta com a nuvem dos muros de Nicósia. Aproximou-se do judeu e perguntou onde a tinha comprado ou de que modo tinha ido ao seu poder aquela cativa cristã. O judeu respondeu que a tinha comprado na ilha da Pantanalea de uns turcos que ali tinham atracado. Alguém o chamou por parte dos vice-reis que queriam perguntar-lhe a mesma coisa que Ricardo e, com isso, despediu-se dele.

No caminho que havia entre as tendas até a cidade, Mahamut pode perguntar em italiano a Leonisa de que lugar era ela. Respondeu que da cidade de Trápana. Então Mahamut perguntou-lhe se conhecia um cavaleiro rico e nobre que se chamava Ricardo e vivia naquela cidade. Ouvindo isso, Leonisa deu um grande suspiro e disse:

— Sim, conheço-o, para meu mal.

— Como que para seu mal? — perguntou Mahamut.

— Porque ele me conheceu para sua e para minha desventura — respondeu Leonisa.

— E, por acaso, — perguntou Mahamut — conhece também outro cavaleiro filho de pais muito ricos, muito valente, generoso e discreto que se chama Cornélio?

— Também o conheço — respondeu Leonisa — e posso dizer que me fez mais mal do que conhecer Ricardo. Mas quem é você, senhor, que os conhece e pergunta por eles?

— Sou natural de Palermo — disse Mahamut —, e vários acidentes fizeram com que estivesse vestido neste traje, diferente do que eu costumava usar. Conheço-os porque há poucos dias ambos estiveram em meu poder, a Cornélio fizeram-no prisioneiro uns mouros de Trípoli de Berbéria e venderam-no a um turco que veio para esta ilha, com mercadorias, porque é vendedor em Rodas, e trouxe Cornélio com ele já que lhe tinha confiado seus bens.

— Bem os saberá guardar – disse Leonisa – porque guarda muito bem os seus. Mas me diga, como ou quem trouxe Ricardo a esta ilha?

— Veio – respondeu Mahamut – com um corsário que lhe fez prisioneiro estando em um jardim da marina de Trápana. Disse que com ele tinha aprisionada uma donzela cujo nome nunca quis revelar. Esteve alguns dias ali com seu amo, que ia visitar o sepulcro de Maomé, que está na cidade de Almedina. Na hora da partida Ricardo ficou muito doente e indisposto e seu amo o deixou comigo, por ser de minha terra, para que eu o curasse e me fizesse responsável por ele até a sua volta ou que se por aqui não voltasse, enviasse-o a Constantinopla, que ele me avisaria quando estivesse lá. Mas o céu dispôs as coisas de outra maneira. O desafortunado Ricardo, sempre chamava uma Leonisa, a quem queria mais do que a sua vida e a sua alma. Disse-me que essa Leonisa estava em uma galera que bateu na ilha de Pantanalea e que se afogou. A morte dela sempre chorava até que se determinou perder a sua vida, ainda que não se notasse doença no corpo, mas mostras de dor na alma.

— Diga-me, senhor, – replicou Leonisa –, esse moço que diz, Cornélio, nas conversas que teve com o senhor (que como de uma mesma pátria, devem ter sido muitas), disse alguma vez como essa Leonisa e Ricardo foram feitos prisioneiros?

— Sim, disse – disse Mahamut – e perguntou-me se tinha aportado nesta ilha uma cristã com este nome de tais características, procurava-a para resgatá-la contando que seu amo já tinha desenganado-se de que não era tão rica como ele pensava, porque, se não passassem de trezentos ou quatrocentos escudos o seu resgate, ele os daria com muita boa vontade já que durante algum tempo tinha gostado dela.

— Bem pouco deveria ter gostado – disse Leonisa – pois não passava de quatrocentos escudos o que oferecia por mim. Mais generoso é Ricardo, mais valente e comedido; Deus me perdoe por ter sido a causa de sua morte. Eu sou a sem sorte por quem chorou por morta e Deus sabe como seria feliz se estivesse vivo para pagar-lhe com meu sentimento toda a desgraça que passou. Eu, senhor, como já lhe disse, sou a pouco querida de Cornélio e a bem chorada de Ricardo que, por muitos e vários caminhos, vim parar neste miserável estado em que me encontro. Pela ajuda do céu, conservei a inteireza da minha honra, com a qual vivo contente em minha miséria. Agora nem sei onde estou, nem quem é meu dono, nem aonde me levam. Eu rogo, senhor, pelo sangue de cristão que tem, aconselhe-me em minhas coisas já que por serem tantas me pegam inadvertida, a cada momento.

Mahamut respondeu que faria o que pudesse para servi-la, aconselhando-a e ajudando-a com sua inteligência e força. Contou-lhe da diferença que por sua causa tinham tido os dois vice-reis e como ficava no poder do juiz, seu amo, para levá-la de presente ao Grande Turco Selín em Constantinopla. Disse também que antes que isso acontecesse, tinha esperança no verdadeiro Deus, em quem ele acreditava, mesmo sendo um mau cristão, que o havia de dispor as coisas de outra maneira. Aconselhou-a que tivesse uma boa relação com Halima, a mulher do juiz, seu amo, em cujo poder estaria até que a enviassem a Constantinopla. Falou-lhe da condição de Halima e com essas lhe disse outras coisas de seu proveito até que a deixou em poder de Halima, a quem também entregou o recado de seu amo.

A moura por vê-la tão bem adereçada e bonita recebeu-a bem. Mahamut voltou para o acampamento para contar a Ricardo o que tinha acontecido. Encontrando-o, disse-lhe tudo com detalhe e quando chegou ao sentimento que Leonisa tinha expressado quando lhe disse que estava morto, Ricardo quase chorou. Disse como tinha inventado o conto do cativeiro de Cornélio para ver o que ela sentia; contou da frieza e da malícia com que tinha falado de Cornélio e tudo isso foi curativo para o aflito coração de Ricardo, que disse a Mahamut:

— Lembro-me, amigo Mahamut, de uma história que meu pai contou-me. Sabes como ele era curioso e já escutou falar das honras que lhe fez o Imperador Carlos Quinto, a quem sempre serviu em honrosos cargos de guerra. Contou-me que, quando o Imperador tomou a Tunísia, estando um dia em sua tenda, levaram-lhe uma moura de uma beleza singular e que ao mesmo tempo em que a apresentaram, entraram alguns raios de sol por umas partes da tenda e bateram no cabelo da moura, que eram loiros como o sol e com ele competiam: coisa rara nas mouras, que são conhecidas por ter cabelos negros. Contava que naquela ocasião estavam na tenda, entre muitos outros, dois cavaleiros espanhóis: um era andaluz e o outro catalão, ambos muito distintos e ambos poetas. Tendo-a visto o andaluz, começou a recitar com admiração uns versos que eles chamam *coplas,* com umas consonâncias difíceis. Parando no quinto verso, deteve-se sem por fim à *copla* nem a sentença, para não lhe oferecer de improviso as consoantes necessárias para acabá-la. O outro cavaleiro, que

O Amante Generoso 175

estava do seu lado e tinha escutado os versos, vendo-o em suspenso, como se lhe roubassem meia *copla* , da boca, continuou-a e acabou com as mesmas consonâncias. E isto me veio à memória quando vi entrar a belíssima Leonisa na tenda do Bajá, não somente escurecendo os raios de sol que a tocavam, mas todo o céu e suas estrelas.

— Pára – disse Mahamut –; detém-te, amigo Ricardo, que a cada palavra temo que exagere nos elogios de tua bela Leonisa e, deixando de parecer cristão, pareças um herege. Diz-me, se quiseres, esses versos ou *coplas,* ou como se chame, que depois falaremos de outras coisas que sejam de melhor gosto e quem sabe de maior proveito.

— Agora mesmo – afirmou Ricardo – volto a dizer que os cinco primeiros versos disse um e os outros cinco, o outro, todos de improviso. São eles:

Como quando o sol aparece[1]
por uma montanha baixa
e de súbito nos toma,
e com a sua vista nos doma
nossa vista e a relaxa;
como a pedra balaja,
que não consente carcoma,
tal é teu rosto, Aja,
dura lança de Maomé
que as minhas entranhas rasga.

— Bem me soam – disse Mahamut –, e melhor ainda me soa

---
[1] Para a versão original do verso consulte o final da novela.

que você saiba dizer versos, Ricardo, porque o dizê-lo ou o fazê-lo requer ânimos apaixonados.

— Também se costuma — respondeu Ricardo — chorar endeixas, cantar hinos e tudo são versos. Mas, deixando isto de lado, dize-me o que pensas fazer, já que não entendi o que os vice-reis trataram na tenda. Assim que levaste Leonisa, um renegado veneziano de meu amo que estava presente e que entende bem o turco contou-me e o mais importante de todas as coisas é encontrar um meio de que Leonisa não vá parar na mão do Grande Senhor.

— O primeiro que se há de fazer — respondeu Mahamut — é levar-te ao poder de meu amo; feito isto, depois conversaremos sobre o que mais nos convém.

Nisto, chegou o guardião dos prisioneiros cristãos de Hazán e levou Ricardo. O juiz voltou para a cidade com Hazán, que em poucos dias fez a contabilidade de Ali e deu-a por fechada e selada, liberando-o para que fosse a Constantinopla. Ele logo foi, deixando o juiz encarregado de enviar a prisioneira e escrever ao Grande Senhor para que a aproveitasse para o que fosse de sua vontade. Isto prometeu o juiz, com falsas palavras, porque estava enfeitiçado pela prisioneira. Indo Ali cheio de falsas esperanças e ficando Hazán no vazio delas, Mahamut fez com que Ricardo caísse no poder de seu amo. Passavam-se os dias e o desejo de ver Leonisa apertava tanto em Ricardo que não conseguia ficar sossegado. Mudou seu nome para Mário para que não chegasse o seu verdadeiro aos ouvidos de Leonisa antes que ele a visse, e vê-la era muito difícil porque os mouros são extremamente ciumentos e escondem de todos os outros homens os rostos de suas mulheres, apesar de não se incomodarem de mostrá-las aos cristãos, quem sabe porque eram prisioneiros, não considerados homens comuns.

    Chegou o dia em que a senhora Halima viu seu escravo Mário. Tão visto e tão olhado foi, que lhe ficou guardado no coração e fixo na memória. Quem sabe pouco feliz pelos abraços frouxos de seu velho marido, com facilidade deu lugar a um mau desejo e contou-o a Leonisa. Já gostava muito dela por sua agradável condição e seu modo de ser discreto. Também a tratava com muito respeito, já que pertencia ao Grande Senhor. Contou-lhe como o juiz tinha trazido para casa um prisioneiro cristão, tão bonito que seus olhos o tinham visto como o homem mais lindo em toda a sua vida. Diziam que era chibili (que quer dizer cavaleiro) e da mesma terra de Mahamut, seu empregado. Halima concluiu dizendo que não sabia como dar-lhe a entender seu desejo sem que o cristão a menosprezasse por tê-lo declarado. Leonisa perguntou como se chamava o prisioneiro e Halima disse-lhe que se chamava Mário, ao que respondeu:

    — Se ele fosse cavaleiro e do lugar que dizem, eu o conheceria, mas com esse nome, Mário, não há nenhum em Trápana. A senhora faça com que eu o veja e fale com ele, que lhe direi quem é e o que se pode esperar dele.

    — Assim farei — disse Halima —. Na sexta-feira, quando o juiz estiver fazendo a oração na mesquita, o farei entrar aqui, onde poderás falar sozinha com ele e se bem te parecer, dar indícios do meu desejo, fazendo-o do melhor modo que puder.

    Isto disse Halima para Leonisa. Não tinham passado nem duas horas quando o juiz chamou Mahamut e Mário e, com não menos clareza com a que Halima tinha aberto seu coração a Leonisa, o velho apaixonado abriu o seu a seus dois escravos.

Pediu-lhes conselho no que poderia fazer para estar com a cristã, dizendo-lhes que preferia morrer que entregá-la ao Grande Turco, a quem ela pertencia. Com tanta afetação falava de sua paixão o religioso mouro, que a colocou nos corações de seus dois escravos, que pensavam completamente o contrário do que ele pensava. Ficou decidido entre eles que Mário, como homem da sua terra, ainda que tivesse dito que não a conhecia, ficaria responsável de falar com ela e de declarar-lhe a vontade do seu amo. Se deste modo não pudesse alcançar o seu desejo, usaria da força, pois estava em seu direito. E, dando tudo certo, dizendo que estava morta, não precisaria levá-la a Constantinopla.

O juiz ficou contentíssimo com seus escravos e com esta imaginada alegria ofereceu a liberdade a Mahamut. Também prometeu a Mário, que se alcançasse o que queria, ele o libertaria e daria a quantia de dinheiro para que voltasse à sua terra, rico, honrado e feliz. Se ele foi generoso no prometer, seus prisioneiros foram pródigos oferecendo-lhe alcançar a lua do céu, quanto mais a Leonisa, desde que Mário tivesse oportunidade de falar com ela.

— Esta oportunidade terá Mário quando quiser — respondeu o juiz — porque farei que Halima vá para a casa de seus pais — que são gregos cristãos — por alguns dias. Estando fora, ordenarei que o porteiro deixe Mário entrar todas as vezes que quiser e direi a Leonisa que poderá falar com seu conterrâneo quando tiver vontade.

Deste modo, sem saber o que faziam os seus amos, ajudaram a mudar o vento da sorte de Ricardo, que começava a soprar a seu favor.

Tomada entre os três esta decisão, quem primeiro a colocou em prática foi Halima, como mulher, cuja natureza é ousada para tudo aquilo que quer. Naquele mesmo dia, o juiz disse-lhe que poderia ir para a casa de seus pais e ficar com eles os dias que quisesse. Como ela estava inquieta com as esperanças que Leonisa lhe havia dado, não só não queria ir à casa de seus pais, muito menos ao fingido paraíso de Maomé. Respondeu que naquele momento não tinha vontade e que quando tivesse diria, mas que levaria consigo a prisioneira cristã.

— Isto não — replicou o juiz —, porque não é certo que a escrava do Grande Senhor seja vista por ninguém e menos que converse com cristãos. Você sabe que, chegando ao poder do Grande Senhor, eles a enclausurarão no seu harém e farão de ela turca, queira ou não queira.

— Se ela andar comigo — replicou Halima —, não importa que esteja na casa de meus pais, nem que fale com eles, porque mais falo eu e não deixo de ser boa turca. E mais, não penso ficar na casa deles mais do que quatro ou cinco dias, porque o amor que tenho por ti não me permitirá estar tanto tempo ausente e sem te ver.

O juiz não quis replicar para não dar ocasião de gerar alguma suspeita de sua intenção.

Chegou a sexta-feira e o juiz foi à mesquita, onde ficaria pelo menos quatro horas. Mal o viu afastar-se da entrada da casa, Halima mandou chamar Mário. Um cristão de Córsega, que era porteiro do pátio, não o deixou entrar. Halima gritou que o deixasse passar e assim entrou confuso e tremendo, como se fosse brigar com um exército de inimigos.

Leonisa estava sentada numa escada grande de mármore que subia aos corredores do mesmo jeito e com o mesmo traje com que entrou na tenda do Bajá. Tinha a cabeça inclinada sobre a palma da mão direita, o braço sobre o joelho, os olhos fixos na direção contrária a da porta por onde entrou Mário, de modo que, ainda que ele fosse para a direção onde ela estava, ela não o veria. Assim que entrou, Ricardo passeou toda a casa com os olhos e não encontrou nela mais que um mudo e calmo silêncio até que parou a vista onde estava Leonisa. Em um instante, vieram-lhe tantos pensamentos que o animaram, considerando-se a apenas vinte passos distante da sua felicidade e alegria. Pensando estas coisas, movia-se lentamente, com temor e sobressalto, alegre e triste, temeroso e esperançoso. Ia chegando ao centro de onde estava a sua alegria, quando Leonisa virou seu rosto e fixou seus olhos nos de Mário, que a olhava atentamente. Quando os olhos dos dois se encontraram, de diferente maneira deram sinal do que suas almas tinham sentido. Ricardo parou e não pôde seguir adiante. Leonisa, que pela narração de Mahamut dava Ricardo por morto, ao ver-lhe tão inesperadamente, cheia de temor e espanto, sem tirar os olhos dele e sem dar as costas, subiu quatro ou cinco degraus e, tirando uma pequena cruz do peito, beijou-a muitas vezes e fez o sinal da cruz infinitamente, como se estivesse vendo algum fantasma ou coisa do outro mundo.

Ricardo voltou do seu encantamento e entendeu, pelos gestos de Leonisa, a verdadeira causa do seu temor. Então lhe disse:

— Pesa-me, ó formosa Leonisa, que não sejam verdade as novas que da minha morte lhe deu Mahamut, porque com ela me livraria dos temores que agora tenho de pensar se ainda está no seu ser o rigor que sempre usou comigo. Acalme-se, senhora, desça e atreva-se a fazer o que nunca fez: aproximar-se de mim. Aproxime-se e verá que não sou um fantasma: sou

Ricardo, Leonisa; Ricardo, o que terá quantas desventuras você quiser.

Com isto, Leonisa colocou o dedo na boca, pelo que Ricardo entendeu que era sinal de que se calasse ou falasse mais baixo e, tomando um pouco de ânimo, foi se aproximando dela até chegar a uma distância que pode escutar estas razões:

— Fala baixo, Mário, porque assim me parece que te chamas agora e não fales de outra coisa a não ser das que eu te fale. Fica atento que poderia ser que se alguém nos escutasse nunca mais voltaríamos a nos ver. Creio que, Halima, nossa ama, escuta-nos. Ela me disse que te adora e colocou-me como intercessora do seu desejo. Se a ele quiseres corresponder, terá mais proveito teu corpo que tua alma e, se não, é preciso que o finjas, porque eu te peço e também pelo respeito que merecem os declarados desejos de mulher.

A isto respondeu Ricardo:

— Jamais pensei nem pude imaginar, formosa Leonisa, que fosse impossível cumprir alguma coisa que tu pedisses, mas o que me pedes me prova o contrário. Por acaso a vontade é uma coisa tão leve que se pode mover para onde a quiserem levar ou estará bem ao varão honrado fingir em coisas de tanto valor? Se achas que uma destas coisas se deve ou se pode fazer, fazes o que mais desejar, pois és senhora da minha vontade, mesmo não sabendo o que fazer com ela. Para que digas que não foi atendida na primeira coisa que me mandaste, perderei o direito de ser quem sou e satisfarei teu desejo e o de Halima fingidamente. Se com isso conseguirei o bem de ver-te, dá a ela as respostas que quiseres, que daqui assino-as e confirmo com minha fingida vontade. E em pagamento disto que faço por ti (que é o maior que poderei fazer, ainda que de novo te dê a alma que tantas vezes te dei), peço-te que me digas rapidamente como escapaste das mãos dos corsários e como foste parar nas do judeu que te vendeu.

— Tu pedes que eu te conte as minhas desgraças e te satisfarei. Saberás, então, que depois de um dia que nos separamos, o barco de Yzuf voltou com um forte vento a mesma ilha de Pantanalea, onde também vimos a sua galera. A nossa, sem remédio, bateu contra o penhasco. Vendo meu amo tão claramente sua perdição, esvaziou com grande rapidez dois barris que estavam cheios de água, fechou-os bem e atou-os com corda um ao outro. Colocou-me entre eles, logo se despiu e pegando outro barril entre os braços, atou-se com uma corda e amarrou-se aos meus barris. Com grande ânimo jogou-se ao mar, levando-me atrás dele. Eu não tive coragem de atirar-me, outro turco impeliu-me e jogou-me atrás de Yzuf. Caí sem sentido e não voltei a mim até que me encontrei em terra nos braços de dois turcos, que me tinham de bruços, derramando a grande quantidade de água que tinha bebido. Abri os olhos atônita e vi Yzuf junto a mim, com a cabeça feita pedaços. Segundo o que soube depois, ao chegar a terra bateu com ela no penhasco, onde deixou a vida. Os turcos também me disseram que, puxando a corda, tiraram-me do mar quase afogada e que somente oito pessoas se salvaram da infeliz galera.

Oito dias estivemos na ilha, os turcos respeitando-me como se fosse irmã deles ou mais. Estávamos escondidos em uma caverna; eles estavam temerosos que os encontrassem uns cristãos que estavam na ilha e fizessem-nos prisioneiros; sustentaram-se com o biscoito molhado que o mar jogou e que saíam para pegar

O Amante Generoso

de noite. A sorte ordenou, para meu azar, que o esquadrão de cristãos estivesse sem capitão, que tinha morrido poucos dias antes, e não havia senão vinte soldados. Soube-se isto por um menino que os turcos aprisionaram, que tinha deixado o esquadrão para pegar conchas na praia. Depois de oito dias chegou naquela costa um barco de mouros, que eles chamam caramuzales. Viram-no os turcos e saíram de onde estavam, fazendo sinal para o barco, que estava próximo da terra. Assim que reconheceram que eram turcos os que chamavam, eles contaram suas desgraças e os mouros receberam-nos em seu barco, no qual estava um judeu, riquíssimo negociante. Toda a mercadoria do navio, ou a maior parte dela, era dele; telas, tecidos e outras coisas que de Berbéria levavam para Levante. No mesmo barco os turcos foram para Trípoli e no caminho venderam-me para o judeu, que deu por mim duas mil dobras, preço muito alto, se não fosse pelo amor que o judeu me revelou.

Deixando, então, os turcos em Trípoli, o barco voltou a fazer sua viagem e o judeu começou a solicitar-me descaradamente. Eu fiz a cara que mereciam seus torpes desejos. Vendo-se desesperado por não alcançá-los, determinou livrar-se de mim na primeira ocasião que tivesse. E sabendo que os dois vice-reis, Ali e Baján, estavam nesta ilha, onde poderia vender sua mercadoria tão bem quanto em Xio, veio até aqui com a intenção de vender-me para algum dos dois vice-reis. Por isso me vestiu da maneira que agora você vê, para animá-los a comprar-me. Soube que me comprou este juiz para levar-me ao Grande Turco, do que não estou pouco temerosa. Aqui soube da tua fingida morte e posso dizer-te, se quiseres acreditar, que me doeu na alma e que te tive mais inveja do que pena.

Não por te querer mal, mesmo sendo considerada uma sem amor, não sou ingrata nem mal agradecida, mas porque assim teria acabado com a tragédia da tua vida.

— Não é errado o que diz, senhora — respondeu Ricardo —, se com isso a morte não tivesse atrapalhado o bem de voltar a ver-lhe. Agora estimo mais este instante de glória que gozo em te olhar que qualquer outra sorte que pudesse assegurar o meu desejo. O que o juiz, meu amo, a cujo poder vim parar por não menos acidentes dos que os teus, sente por ti é o mesmo que sente por mim Halima. Colocou-me como intérprete de seus sentimentos, aceitei o trabalho, não para satisfazê-lo, mas pela facilidade que me dava de falar contigo, para que vejas, Leonisa, o lugar que nossas desgraças nos trouxeram: a ti, ser intermediadora de algo impossível; a mim, de sê-lo também da coisa que menos pensei e da que darei tudo para não alcançar.

— Não sei o que dizer-te, Ricardo — replicou Leonisa —, nem que saída se deve tomar deste labirinto onde, como dizes, nossa pouca sorte colocou-nos. Só sei dizer que é importante usar nisto o que não se pode esperar de nossa condição, que é a mentira e o engano. Assim, de ti direi a Halima algumas coisas que mais entretenham que a desesperem. Poderás dizer de mim ao juiz o que para a segurança da minha honra e manutenção do seu engano seja mais conveniente. Ponho minha honra em tuas mãos, bem podes acreditar que a tenho com inteireza e verdade mesmo que a pudessem pôr em dúvida tantos caminhos que andei e tantos combates que sofri. Falarmos será fácil e para mim será agradável fazê-lo, com a ressalva de que jamais me digas coisas que a tua declarada pretensão pertençam, porque na hora que o fizeres, no mesmo instante deixarei de ver-te. Não quero que penses que de tão pouco quilate é meu valor, que fará com ele na prisão o que não conseguiu fazer na liberdade: com a ajuda do céu, tenho que ser como o ouro que quanto mais se depura, mais fica puro e limpo. Contente-se com o que te disse que assim não me aborrecerei em ver-te. Faço-te saber, Ricardo, que sempre te considerei áspero e arrogante e que se vangloriava mais do que deveria. Confesso também que me enganava e poderia ser que esta experiência me pusesse a verdade diante dos olhos. Vai com Deus, porque temo que nos tenha escutado Halima, que entende alguma coisa de língua cristã, ao menos daquela mistura de línguas que se usa e com a qual todos nos entendemos.

— Dizes muito bem, senhora – respondeu Ricardo –. Agradeço infinitamente a atenção que me deste, que a estimo tanto como a mercê que me fazes em deixar-me ver-te. Como dizes, quem sabe a experiência te fará entender quão rasa e humilde é a minha condição. No que cabe a entreter o juiz, fica tranqüila; faze o mesmo com Halima e, entende senhora, que depois que te vi me nasceu uma esperança tal que me assegura que logo alcançaremos a liberdade desejada. E com isso, fica com Deus, que em outra ocasião te contarei os rodeios por onde a fortuna me trouxe a este estado depois que de ti me afastei ou, dizendo melhor, afastaram-me.

Com isto se despediram. Leonisa ficou contente com o franco proceder de Ricardo e ele contentíssimo de ter escutado uma palavra sem aspereza da boca de Leonisa.

Halima estava fechada em seu aposento, rogando a Maomé que Leonisa trouxesse boas notícias. O juiz estava na mesquita com os mesmos desejos de sua mulher, à espera da resposta que ansiava ouvir de seu escravo. Leonisa aumentou o torpe desejo e o amor de Halima, dando-lhe boas esperanças de que Mário faria tudo que ela pedisse. No entanto, primeiro teria que deixar passar duas segundas-feiras antes de conceder o que muito mais desejava ele do que ela. Pedia este tempo porque estava fazendo uma prece a Deus para que lhe desse a liberdade. Halima aceitou a desculpa de seu querido Ricardo, a quem ela daria liberdade, antes do termo devoto, se ele realizasse. Rogou a Leonisa que lhe pedisse que dispensasse o tempo e diminuísse a demora que ela ofereceria o quanto fosse pedido pela sua liberdade.

Antes que Ricardo respondesse a seu amo, aconselhou-se com Mahamut sobre o que lhe responderia, e decidiram que lhe tirariam a esperança e o aconselhariam a levá-la o mais rápido que pudesse para Constantinopla, e que no caminho, ou por agrado ou por força, alcançaria o seu desejo e que, para o inconveniente que poderia ter com o Grande Senhor, seria bom comprar outra escrava e durante a viagem fazer como se Leonisa tivesse ficado doente e que uma noite jogariam a cristã comprada ao mar, dizendo que era Leonisa, a prisioneira do Grande Senhor, que tinha morrido e que isto se poderia fazer e se faria de modo que a verdade nunca fosse descoberta e que ele ficasse sem culpa com o Grande Senhor e com o cumprimento de sua vontade e que, para a duração de seu desejo, depois se encontraria um plano mais conveniente e proveitoso. Estava tão cego o miserável ancião que, se outros mil disparates lhe dissessem, se fossem encaminhados para cumprir suas esperanças, em todos eles acreditaria. Pareceu-lhe que tudo o que lhe diziam levava a um bom caminho e prometia um próspero acontecimento. Assim seria verdade se a intenção dos dois conselheiros não fosse roubar o barco e matar-lhe pelos seus loucos pensamentos. O juiz encontrou outra dificuldade, a seu parecer a maior que naquele caso podia aparecer, e era a de que sua mulher Halima não deixaria que ele fosse sozinho a Constantinopla. Logo resolveu a questão dizendo que ao invés da cristã que deveriam comprar para que morresse por Leonisa, usaria Halima, de quem desejava livrar-se mais que da morte.

Com a mesma facilidade com que pensou o juiz, aceitaram Mahamut e Ricardo. Ficando conformes nisto, naquele mesmo dia o juiz contou a Halima a viagem que pretendia fazer para Constantinopla para levar a cristã ao Grande Senhor e por cuja atitude esperava que ele o fizesse o grande juiz do Cairo ou de Constantinopla. Halima disse-lhe que lhe parecia boa sua determinação, crendo que deixaria Ricardo em casa. Porém, quando o juiz disse-lhe que levaria consigo Ricardo e Mahamut, mudou de parecer e desaconselhou-o do que tinha aconselhado. Em resumo, concluiu que se não a levava com ele, não pensava deixá-lo ir de nenhum modo. O juiz ficou feliz de fazer o que ela queria porque pensava em se livrar logo daquela carga tão pesada.

Durante este tempo Hazán Bajá não deixava de pedir ao juiz que lhe entregasse a escrava, oferecendo-lhe ouro e entregando de graça a Ricardo, cujo resgate valia dois mil escudos. Todas estas ofertas aumentaram a vontade do juiz de abreviar sua partida. E assim, movido pelo seu desejo, pelas inoportunas atitudes de Hazán e das de Halima, que também construía esperanças vãs, em vinte dias montou um bergantim de quinze bancos e armou-lhe com boas bóias, mouros e alguns cristãos gregos. Embarcou nele toda a sua riqueza. Halima não deixou nada em sua casa e rogou ao marido que lhe deixasse levar consigo seus pais, para que fossem a Constantinopla. A intenção de Halima era a mesma que a de Mahamut: fazer com que ele e Ricardo, durante o percurso dominassem o bergantim. Não declarou seu pensamento até estar embarcada que era o desejo de ir à terra de cristãos, converter-se ao que primeiro tinha sido, e casar-se com Ricardo. Acreditava que, levando tantas riquezas e fazendo-se cristã, não deixaria de tomá-la por esposa.

Neste ínterim, Ricardo falou outra vez com Leonisa e declarou-lhe todo o seu plano e ela contou-lhe os de Halima. Os dois prometeram manter o segredo e encomendaram-se a Deus. Chegado o dia da partida, Hazán acompanhou-os até a marina com todos seus soldados e não os deixou até que levantaram a vela. Não tirou os olhos do bergantim até que o perdeu de vista e parece que o ar dos suspiros que o apaixonado mouro lançava impelia com mais força as velas que se afastavam e levavam a sua alma. Mas, aquele a quem o amor não lhe deixava sossegar há tanto tempo, pensou no que deveria fazer para não morrer em seus desejos e pôs logo em prática o que com longo discurso e resoluta determinação tinha pensado. Deste modo, em um navio com dezessete bancos, que tinha montado em outro porto, colocou cinqüenta soldados, todos amigos e conhecidos seus, a quem tinha feito muitas promessas, e deu-lhes ordem que saíssem e que tomassem o barco do juiz e suas riquezas, passando a faca em todos os que nele iam, menos na prisioneira Leonisa, que somente a ela queria por despojo dos muitos que o bergantim levava. Ordenou-lhes também que o afundassem para que nada pudesse dar indício do acontecido. A cobiça colocou-lhes asas nos pés e esforço no coração. Bem viram que pouca defesa encontrariam no bergantim, porque ia desarmado e sem suspeitar de semelhante acontecimento.

O Amante Generoso

Há dois dias navegava o bergantim, que eram para o juiz como dois séculos, porque já no primeiro queria colocar em prática aquilo a que se tinha determinado. Seus escravos aconselharam-lhe que primeiro convinha fazer de conta que Leonisa ficava doente para dar veracidade à sua morte e que para isto era necessário fingir alguns dias de doença. O juiz queria dizer que tinha morrido de repente, acabar logo com tudo, despachar sua mulher e aplacar o fogo que ia consumindo pouco a pouco suas entranhas, mas, teve que atender o parecer dos dois escravos.

Halima já tinha contado seu plano para Mahamut e Ricardo e eles estavam preparados para executá-lo depois que passassem as cruzes de Alexandria ou na entrada dos castelos da Natólia. Mas foi tanta a pressa que lhes impunha o juiz que se ofereceram para realizá-lo na primeira oportunidade possível. Um dia, depois de seis que navegavam e que ao juiz já lhe parecia suficiente o fingimento da doença de Leonisa, ordenou a seus escravos que no dia seguinte acabassem com a vida de Halima e atirassem-na amortalhada ao mar, dizendo ser a prisioneira do Grande Senhor.

Amanhecendo o dia, que segundo a intenção de Mahamut e de Ricardo deveria ser o da realização dos seus desejos ou o do fim das suas vidas, descobriram um barco a vela e remo que lhes vinha seguindo. Temeram que fosse de corsários cristãos, dos quais nem uns nem outros poderiam esperar coisa boa; porque os mouros tinham medo de serem feitos prisioneiros e os cristãos, ainda que em liberdade, ficariam sem nada. Mahamut e Ricardo, no entanto, com a liberdade de Leonisa e deles, se contentariam. Com tudo isto que imaginavam, temiam a insolência dos corsários, pois jamais os que se dão a esta prática, de qualquer lei ou nação, deixam de ter uma alma cruel e uma condição insolente. Puseram-se em defesa, sem soltar os remos e fazer tudo o quanto pudessem, mas demoraram poucas horas para que os vissem entrando e, em menos de duas, atacaram-lhes com tiro de canhão. Vendo isto, perderam força, soltaram os remos, tomaram as armas e esperaram-nos, ainda que o juiz dissesse que não temessem porque o barco era turco e que não lhes faria nenhum mal. Mandou colocar uma bandeira branca de paz no alto da popa, para que a vissem os cegos e cobiçosos que vinham com grande fúria atacar o mal defendido bergantim. Nisto, virou a cabeça Mahamut e viu que da parte do poente vinha outra galera, com mais ou menos vinte bancos, e contou ao juiz. Alguns cristãos que estavam remando disseram que o barco que aparecia era de cristão, o que lhes aumentou a confusão e o medo e ficaram parados sem saber o que fariam temendo e esperando os acontecimentos que Deus enviasse.

Parece-me que naquele momento o que o juiz mais queria era estar em terra firme tanta era a confusão em que se encontrava, mas a chegada do primeiro barco logo o tirou dela. Sem respeito às bandeiras de paz nem à religião, investiram com tanta força, que faltou pouco para afundar o bergantim. O juiz logo reconheceu os que o atacavam e viu que eram soldados e adivinhou o que estava acontecendo. Quando estavam mais animados em seu saque, um turco gritou:

— Arma, soldados! Que um barco de cristãos assalta-nos.

E isto era verdade, porque o barco que o bergantim do juiz descobriu vinha com insígnias e bandeiras cristãs e chegou com toda fúria investindo contra o barco de Hazán. Antes que chegasse, desde a proa perguntou um de língua turca, que barco era aquele. Responderam-lhe que era de Hazán Bajá, vice-rei de Chipre.

– Mas como – replicou o turco – sendo vocês mulçumanos, atacam e roubam esse barco, no qual sabemos que vai o juiz?

Ao que eles responderam que não sabiam mais do que lhes tinham ordenado, como soldados obedientes, tinham cumprido com o mandato, que era o de tomar o barco.

O capitão do segundo barco, que vinha ao modo cristão, investiu contra o de Hazán e chegou ao do juiz. Na primeira investida, matou mais de dez turcos e logo o invadiu com grande ânimo e rapidez. Mal tendo posto os pés dentro da embarcação, o juiz reconheceu que o que invadia não era cristão, mas Ali Bajá, o apaixonado por Leonisa, que, como Hazán, tinha planejado o ataque e, para não ser reconhecido, tinha vestido seus soldados como cristãos, para assim encobrir seu furto. O juiz, que entendeu as intenções dos amantes e traidores, começou a gritar:

– Que é isto, traidor Ali Bajá? Como sendo mulçumano (que quer dizer, turco) me saqueia como cristão? E vocês, traidores soldados de Hazán? Que demônios lhes moveram a cometer tão grande insulto? Como, para cumprir o apetite lascivo do que lhes envia, querem ir contra o seu senhor natural?

Com estas palavras, abaixaram as armas, olharam-se e reconheceram-se porque todos tinham sido soldados de um mesmo capitão e militado sob a mesma capitania. Somente Ali fechou os olhos e os ouvidos para tudo e, arremetendo contra o juiz, deu-lhe uma facada na cabeça que, se não fosse pela defesa que lhe fez o grande capacete que usava, sem dúvida, a partiria ao meio, mas o derrubou com tudo entre os bancos do barco e, ao cair, disse o juiz:

– Ó cruel renegado, inimigo do meu profeta! Será possível que não haja quem castigue a tua crueldade e a tua grande insolência? Como, maldito, ousas pôr as mãos e as armas no teu juiz e em um ministro de Maomé?

Estas palavras deram mais força às primeiras, que fizeram com que os soldados de Hazán, movidos pelo temor de que os soldados de Ali lhes tirassem os bens que já tinham por seus, determinassem continuar a guerra e atacassem os soldados de Ali com tanto brio, que em pouco tempo pararam a todos, apesar de estarem em menor número. Reduziram-lhes a um número insignificante, mas os que restaram vingaram a morte de seus companheiros, não deixando mais do que quatro soldados de Hazán com vida e muitos outros feridos.

Ricardo e Mahamut estavam olhando-os, de vez em quando tiravam a cabeça pela popa para ver o que acontecia escutando o grande barulho de ferro que soava. Vendo como os turcos estavam quase todos mortos e que facilmente se poderia acabar com os feridos, Mahamut chamou os dois sobrinhos de Halima – que ela tinha feito embarcar consigo – para que ajudassem e, tomando as armas dos mortos, pularam no barco gritando "Liberdade, liberdade!". Ajudados pela boa vontade dos cristãos gregos, com facilidade e sem receber ferida, degolaram todos os mouros. Passando para a galera de Ali, que estava sem defesa, renderam-na e ganharam tudo o que nela havia. Entre os que morreram, estava Ali Bajá, assassinado a facadas por um turco que vingava o ataque ao juiz.

Por conselho de Ricardo, começaram a verificar o valor das

coisas que havia no barco de Hazán e passá-las ao de Ali, que era barco maior e mais acomodado para qualquer carga ou viagem. Os remadores eram cristãos, que, contentes com a liberdade alcançada e com as muitas coisas que Ricardo repartiu entre todos, ofereceram-se para levá-lo até Trápana ou a qualquer lugar que quisesse. Com isto, Mahamut e Ricardo, cheios de alegria pelo bom acontecimento, foram até a moura Halima e disseram-lhe que, se quisesse voltar para Chipre, que com boa vontade lhe montariam seu próprio barco e lhe dariam a metade das riquezas que tinha embarcado. Ela, que em meio a tanta calamidade ainda não tinha perdido o carinho e amor que tinha por Ricardo, disse que preferia ir com eles à terra de cristãos, decisão que muito alegrou seus pais.

O juiz recuperou os sentidos e curaram-lhe como puderam. Deram-lhe duas opções: que se deixasse levar para terra de cristãos ou voltar em seu mesmo barco. Ele respondeu que, já que a sorte lhe tinha trazido a tais condições, agradecia a liberdade que lhe davam e que queria ir a Constantinopla, queixar-se com o Grande Senhor da ofensa que tinha recebido de Hazán e de Ali. Quando soube que Halima o deixava e queria se converter em cristã, por pouco não perdeu o juízo. Resumidamente, montaram-lhe seu mesmo barco e abasteceram-no com todas as coisas necessárias para a viagem, dando-lhe ainda algumas armas que tinham sido suas. Despedindo-se de todos com a determinação de voltar para casa, antes que levantasse vela pediu que Leonisa lhe desse um abraço, que aquele favor seria o suficiente para pôr no esquecimento toda a sua pouca sorte. Todos suplicaram que Leonisa fizesse o favor que ele pedia, pois não deporia contra sua honestidade. Leonisa fez o que lhe pediram. O juiz pediu então que lhe pusesse as mãos na cabeça, para que ele tivesse esperança de curar sua ferida. Leonisa fez tudo como pediu. Feito isto, favoreceu-lhes um vento fresco que parecia chamar as velas para seguir caminho. Em poucas horas perderam de vista o barco do juiz, que, com lágrimas nos olhos, via como os ventos levavam suas propriedades, seu querer, sua mulher e sua alma.

Com diferentes pensamentos que os do juiz, navegavam Ricardo e Mahamut e sem querer tocar a terra em nenhum lugar, passaram por Alexandria sem baixar as velas, sem ter a necessidade de usar os remos, chegaram à forte ilha de Corfu e, sem parar, passaram pelos grandes riscos de Acroceráunio e, desde longe, no segundo dia, descobriram Paquino, parte mais alta da fertilíssima Tinácria. Voavam na direção da insigne ilha de Malta, porque com não menos velocidade navegava o corajoso barco.

Passando esta ilha, depois de quatro dias encontraram Lampadosa e depois a ilha de onde tinham se perdido. Ao vê-la, Leonisa estremeceu lembrando os perigos que tinha passado nela. No outro dia, viram diante de si a desejada e amada pátria; renovou-se a alegria de seus corações, alvoroçando seus espíritos já que uma das maiores que se pode ter nesta vida é chegar depois de longo cativeiro são e salvo à pátria.

Tinham encontrado na galera uma caixa cheia de bandeirinhas de seda de diversas cores, com as quais Ricardo adornou o barco. Depois do amanhecer estariam a pouco mais de uma légua da cidade e remando em grupos e dando gritos alegres iam aproximando-se do porto, que em um instante se encheu de gente que, tendo visto como aquele bem adornado barco tão devagar chegava a terra, reuniu-se na marina.

Ricardo tinha pedido a Leonisa que se adornasse e se vestisse do mesmo modo como tinha entrado na tenda dos vice-reis, porque queria fazer uma brincadeira com seus pais. Assim o fez e somando galas e galas, pérolas e pérolas, beleza e beleza, que costumam aumentar com a alegria, vestiu-se de modo que de novo causou admiração em todos que a viam. Do mesmo modo, Ricardo vestiu-se ao estilo turco e também o fez Mahamut e todos os cristãos do remo, já que para todos tinha roupa dos turcos mortos. Quando chegaram ao porto seriam oito da manhã, que se mostrava tão serena e clara que parecia estar atenta olhando aquela alegre entrada. Antes de entrar no porto, Ricardo fez com que disparassem o canhão grande e os dois menores e a cidade respondeu a saudação.

As pessoas estavam confusas, esperando chegar o vice-rei bizarro, mas quando viram de perto que era turco, porque se viam os turbantes brancos que pareciam dos mouros, temerosos e com a suspeita de algum engano, tomaram as armas. Foram ao porto todos os que da cidade são de milícia e pessoas a cavalo espalharam-se sobre a marina. Pouco a pouco foram chegando, até entrar no porto, encontrando a terra e jogando nela a prancha. Soltando os remos, todos, um a um, como em procissão, desceram a terra, a qual com lágrimas de alegria beijaram muitas vezes, sinal claro de que eram cristãos os que tinham subido naquele barco. Na frente saíram o pai e a mãe de Halima e seus dois sobrinhos, todos, como está dito, vestidos de modo turco; fez fim e arrematou a descida a bela Leonisa, que tinha o rosto coberto por um tafetá carmim. Estava entre Ricardo e Mahamut. O espetáculo levou atrás de si os olhos daquela infinita multidão que os esperava.

Chegando a terra, fizeram como os demais, beijaram-na prostrados no chão. Nisto, chegou até eles o capitão e governador da cidade, que imaginou que eram os mais importantes. Apenas chegou, reconheceu Ricardo, correu com os braços abertos e com grande alegria o abraçou. Chegaram depois do governador Cornélio e seu pai; os de Leonisa, com todos os seus parentes e os de Ricardo, pois todos eram importantes na cidade. Ricardo abraçou o governador e respondeu a todos os cumprimentos que lhe davam. Deu a mão a Cornélio, que o reconheceu. Imediatamente perdeu a cor do rosto e começou a tremer de medo. Ricardo também segurou a mão de Leonisa e disse:

— Por gentileza peço-lhes, senhores, que antes que entremos na cidade e no templo para render os devidos agradecimentos a Nosso Senhor dos grandes favores que fez em nossa desgraça, escutem algumas coisas que quero dizer.

O governador respondeu que dissesse o que quisesse que todos o escutariam com prazer e silêncio.

Logo lhe rodearam os mais importantes e ele, levantando um pouco a voz, disse desta maneira:

— Os senhores bem devem lembrar a desgraça que há alguns meses me aconteceu neste jardim de Salinas com a perda de Leonisa. Também não terá saído da memória de vocês a diligência que coloquei para conseguir sua liberdade. Esquecendo-me de mim, ofereci pelo seu resgate toda a minha fazenda (ainda que esta pareça uma boa ação, não pode nem deve redundar em elogios para mim, pois a entregava para resgatar a minha alma). O que depois aconteceu aos dois requer mais tempo e conjuntura e outra língua não tão conturbada como a minha. Basta dizer, por enquanto, que depois de vários e estranhos acontecimentos e depois de mil vezes perdida a esperança de alcançar solução para as nossas dificuldades, o piedoso céu, sem nenhum merecimento nosso, devolveu-nos à nossa desejada pátria, cheios de alegria e riquezas. A alegria que tenho nasceu de imaginar a paz da minha doce inimiga de se ver livre, e de ver, como vê, o retrato de sua alma. Também me alegro pela geral felicidade que têm os que foram meus companheiros nesta miséria que lhes conto. Ainda que as desventuras e tristes acontecimentos costumem mudar as condições e os ânimos corajosos, não foi assim com as minhas boas esperanças; porque com mais coragem e inteireza superei o naufrágio e seus infortúnios e os encontros de minhas ardentes e honestas perturbações, com que se confirma que muda o céu, mas não os costumes, nos que neles fizeram seu assento. De tudo isso que disse, quero inferir que eu ofereci minha fazenda em resgate de Leonisa e dei-lhe minha alma. Fiz o que pude para a sua liberdade e aventurei-me por ela mais que por minha própria vida. E tudo isto que em outro sujeito mal agradecido poderia ser carga em algum momento, não o foi para mim.

E, dizendo isto, levantou a mão e com honesto comedimento tirou o lenço do rosto de Leonisa, que foi como tirar-lhe uma nuvem que ofusca a bela claridade do sol e prosseguiu dizendo:

— Vê, ó Cornélio. Entrego-te a mulher que deves estimar sobre todas as coisas que são dignas de estimar. Vê, formosa Leonisa, dou-te ao que sempre esteve em tua memória. Recebe-a, venturoso mancebo, recebe-a e sente-te o homem mais venturoso da terra. Com ela te darei também tudo o quanto me couber, que creio que passará de trinta mil escudos. Podes desfrutar de tudo com liberdade, quietude e descanso e roga ao céu que sejam longos e felizes seus anos. Eu, sem sorte, que fico sem Leonisa, prefiro ficar pobre, porque a quem falta Leonisa, a vida sobra.

E dizendo isto calou-se, como se tivesse a língua presa no céu da boca, mas antes de que outro falasse, disse:

— Valha-me Deus, como os difíceis momentos nublam o entendimento. Eu, senhores, com o desejo que tenho de fazer o bem, não me dei conta do que disse, porque não é possível que ninguém se mostre generoso com aquilo que não é seu: que jurisdição tenho eu sob Leonisa para dar-lhe a outro? Ou, como posso oferecer o que está tão longe de ser meu? Leonisa é dela e tão dela que, quando lhe faltem os pais, que felizes anos vivam, nenhuma oposição teria a sua própria. Apago tudo o que disse. E assim, do dito, desdito, e não dou nada a Cornélio, pois não posso. Somente confirmo a oferta de minha fazenda feita a Leonisa, sem querer outra recompensa senão que tenha por verdadeiros meus honestos pensamentos e que creia que nunca se encaminharam nem olharam a outro lugar que o que pede sua incomparável honestidade, seu grande valor e infinita beleza.

Ricardo se calou ao dizer isto e Leonisa respondeu desta maneira:

— Se algum favor, ó Ricardo, imagina que eu fiz a Cornélio no tempo em que você andava apaixonado e com ciúmes de mim, imagina que foi tão honesto como guiado pela vontade e ordem de meus pais. Se ficas satisfeito com isto, mais ficarás com a minha honestidade e recato, que a experiência próxima te demonstrou. Isto te digo para que entendas, Ricardo, que sempre fui minha, sem estar sujeita a ninguém senão a meus pais, a quem agora humildemente, como é certo, suplico que me dêem licença e liberdade para dispor da minha vida a que com a tua valentia e generosidade me devolveu.

Seus pais disseram que a davam porque confiavam na correção com que a usaria.

– Pois com essa licença – prosseguiu a correta Leonisa – quero que não pareça mal mostrar-me desenvolta, para não mostrar-me mal agradecida. Assim, ó valente Ricardo, minha vontade, até aqui perplexa e duvidosa, declara-se a teu favor para que os homens saibam que nem todas as mulheres são ingratas. Sou tua, Ricardo, e tua serei até a morte, se outro melhor conhecimento não te leva a negar a mão que de meu esposo te peço.

Com estas colocações, Ricardo ficou como fora de si e não soube nem pôde responder com outras a Leonisa, senão ajoelhando-se diante dela e beijando-lhe as mãos, as mesmas que tinha tomado por força muitas vezes, banhando-as com ternas e amorosas lágrimas. Derramou-as Cornélio de pesar, de alegria os pais de Leonisa e de admiração todos os circundantes. Estava presente o bispo da cidade e com a sua benção levou-os ao templo e casou-os. A alegria derramou-se por toda a cidade, da qual deram mostra aquela noite infinitas luminárias e em outros muitos dias, jogos e brincadeiras que fizeram os parentes de Ricardo e de Leonisa. Reconciliaram-se com a igreja Mahamut e Halima que, impossibilitada de cumprir o desejo de se casar com Ricardo, contentou-se com Mahamut. Ricardo deu liberdade aos pais e sobrinhos de Halima e as partes que os cabiam do saque, que eram suficientes para que vivessem bem. Todos, enfim, ficaram felizes, livres e satisfeitos e a fama de Ricardo, saindo da Sicília se estendeu por toda a Itália e por outros muitos lugares, com o título de *amante generoso*. Dura ainda hoje nos muitos filhos que teve com Leonisa, que foi exemplo raro de prudência, honestidade, recato e beleza.

Versos de O Amante Generoso

Página 196

Como cuando el sol asoma
por una montaña baja
y de súbito nos toma,
y con su vista nos doma
nuestra vista y la relaja;
como la piedra balaja,
que no consiente carcoma,
tal es el tu rostro, Aja,
dura lanza de Mahoma,
que las mis entrañas raja.

O Licenciado Vidraça

Dois jovens estudantes que passeavam pela ribeira do rio Tormes encontraram dormindo debaixo de uma árvore um menino vestido como lavrador e com aproximadamente onze anos de idade. Mandaram que um criado o despertasse. O menino acordou, e então perguntaram de onde era e por que estava dormindo naquele lugar sozinho. Ele respondeu que tinha esquecido o nome de sua terra e que ia até a cidade de Salamanca procurando em troca de estudo, um amo a quem servir. Perguntaram-lhe se sabia ler e ele respondeu que sim e que escrever também.

– Sendo assim – disse um dos jovens – não foi por falta de memória que você esqueceu o nome da sua pátria.

– Seja pelo que for – respondeu o menino – ninguém saberá o nome dela nem de meus pais até que eu possa honrá-los.

– E de que maneira pensa honrá-los? – perguntou o cavaleiro.

– Com meus estudos – respondeu o menino –, sendo famoso por eles, porque escutei dizer que os homens estudiosos se tornam bispos.

Esta resposta fez com que os jovens o tomassem como servo e levassem-no com eles, dando-lhe o estudo que se costuma dar aos criados naquela universidade. Disse o menino que se chamava Tomás Rodela. Seus amos inferiram, pelo nome e pela vestimenta, que deveria ser filho de algum lavrador pobre. Em poucos dias deram-lhe novas roupas e em poucas semanas Tomás deu mostras de ter um raro engenho, servindo seus amos com tanta fidelidade, pontualidade e diligência que, mesmo sem descuidar dos estudos, parecia que só se ocupava de servi-los. E como o bom servir do servo move a boa vontade do senhor, Tomás Rodela não era tratado pelos seus amos como criado, mas como um companheiro.

Nos oito anos em que esteve com eles, ficou tão famoso pela sua inteligência e notável habilidade na Universidade, que era estimado e querido por todo tipo de pessoa. Estudou principalmente as leis, mas no que mais se destacava era nas letras e tinha tão boa memória que a todos surpreendia.

Aconteceu que chegou o tempo em que seus amos acabaram os estudos e voltaram à sua cidade, que era uma das melhores da Andaluzia. Levaram Tomás, que ficou com eles alguns dias, mas como só aumentavam seus desejos de voltar a seus estudos e a Salamanca (que enfeitiça todo aquele que tenha vivido nela), pediu a seus amos autorização para voltar. Eles, corteses e generosos, concederam-na e deram-lhe uma quantia suficiente para que sobrevivesse durante três anos.

Despediu-se deles mostrando nas suas palavras todo agradecimento e então saiu de Malága (que esta era a pátria de seus senhores). Ao descer pela costa de Zambra, a caminho da cidade de Antequera, encontrou-se com um cavaleiro e com seus dois criados também a cavalo. Aproximou-se deles e descobriu que fariam a mesma viagem.

Fizeram-se companheiros, falaram de diversas coisas e em

pouco tempo Tomás deu mostras do seu engenho e o cavalheiro de sua bizarrice e trato simples. Disse que era capitão da infantaria Real e que seu alferes estava em Salamanca.

Falou muito bem da vida de soldado, pintou com detalhes a beleza da cidade de Nápoles, as festas de Palermo, a abundância de Milão, as festas da Lombardia, as esplêndidas comidas das hospedarias. Desenhou-lhe doce e pontualmente o modo de cozinhar italiano. "Traz aqui o caldo, venham os frangos e macarrões". Exaltou a vida livre dos soldados e a liberdade na Itália, mas não lhe disse nada do frio das sentinelas, dos perigos de assalto, do espanto das batalhas, da fome nos cercos, da ruína das minas, e outras coisas deste tipo que alguns definem como a vida de soldado e que são a carga principal dela. Todas estas coisas lhe disse, e tão bem ditas que o pensamento de Tomás Rodela começou a divagar e aumentar a sua vontade de entrar naquela vida, tão vizinha da morte.

O capitão, que se chamava Dom Diego de Valdívia, contente pela boa presença, inteligência e desenvoltura de Tomás, convidou-o para que fosse com ele à Itália se tivesse curiosidade de conhecê-la. Também lhe ofereceria comida e se fosse necessário, sua insígnia.

Pouco foi preciso para que Tomás aceitasse o convite, fazendo para si um breve discurso de que seria bom ver a Itália e Flandres e outras diversas terras e países, pois as longas viagens fazem aos homens melhores. Além disso, poderia gastar três ou quatro anos. Somados aos poucos que ele tinha, não seriam tantos que o impedissem de voltar aos estudos. E, querendo que tudo acontecesse segundo a sua vontade, disse ao capitão que queria ir à Itália, mas com a condição de não ir como soldado, para que não lhe obrigassem a seguir sua insígnia. O capitão lhe disse que não importaria estar listado entre os soldados, porque assim gozaria dos socorros e pagamentos que a companhia desse, já que ele lhe daria licença todas as vezes que quisesse.

— Isto seria — disse Tomás — ir contra minha consciência e contra a do senhor capitão. Prefiro ir livre que obrigado.

— Consciência tão escrupulosa — disse Dom Diego — é mais de religioso que de soldado. Mas façamos como você quer, pois já somos amigos.

Chegaram naquela noite a Antequera. E, em poucos dias e grandes jornadas, chegaram onde estava a companhia, já montada e começando a andar pela volta de Cartagena, afastando-se daquela cidade ela e outras quatro companhias. Ali notou Tomás a autoridade dos comissários, o mau humor de alguns capitães, a solicitude do assentador de armas, a astúcia dos pagadores, as queixas dos empregados, o resgate do dinheiro, a insolência dos bisonhos, as pendências dos hóspedes, o levar mais bagagem que o necessário e, finalmente, a necessidade de fazer tudo aquilo que via e mal lhe parecia.

Tomás se vestiu de militar, como um deles, renunciando às roupas de estudante. Os muitos livros que tinha, reduziu-os a *Horas de Nossa Senhora* e um *Garcilaso* sem comentário, que levava nos bolsos. Chegaram a Cartagena mais rápido que imaginavam, porque a vida nos alojamentos é incerta e a cada dia encontram-se coisas novas.

Embarcaram em quatro galeras e nelas Tomás Rodela conheceu a estranha vida daquelas casas marítimas, onde na maior parte do tempo incomodam os mosquitos, roubam os galeotes, chateiam os marinheiros, matam os ratos, cansam os movimentos das ondas. Ficou com medo das grandes tormentas, especialmente no golfo de León. Passou por duas: a primeira os arremessou a Córsega e a outra os deixou em Toulon, na França. Enfim, mal dormidos, molhados e com olheiras, chegaram à belíssima cidade de Gênova. Desembarcando, depois de visitar uma igreja, o capitão levou todos a uma hospedaria, onde esqueceram todas as tormentas passadas com o banquete presente.

Ali conheceram a suavidade do Treviano, a coragem do Montefiascone, a força do Asperino, a generosidade dos dois gregos de Cândia e Soma, a grandeza dos vinhos de As Cinco Vinhas, a doçura da senhora Guarnacha, a rusticidade da Chentola, sem que entre todos estes senhores ousasse aparecer a baixeza do Romanesco. E tendo feito o hóspede a resenha de tantos e tão diferentes vinhos, ofereceu-se a fazer aparecer ali, sem usar de magia, mas real e verdadeiramente o Madrigal, Coca, Alaejos e à imperial mais que Cidade Real, ofereceu Esquivias, Alanís, Cazalla, Guadalcanal e Membrilla sem se esquecer de Ribadavia e Descargamaria. Finalmente, mais vinhos nomeou o hóspede e foram tantos que o mesmo Baco poderia tê-los em sua bodega.

O bom Tomás se admirou com os loiros cabelos das genovesas e a impecável arrumação dos homens. Também se surpreendeu com a admirável beleza da cidade, que naquelas pedras parecia ter as casas colocadas como diamante em ouro. Outro dia embarcaram todas as companhias que iriam a Piemonte, mas Tomás não quis fazer esta viagem, senão ir desde ali por terra a Roma e a Nápoles, como fez. Ficou de voltar por Veneza e por Loreto a Milão e a Piemonte, onde disse Dom Diego de Valdívia que o encontraria se não os tivessem levado a Flandres, como comentavam.

O Licenciado Vidraça

Depois de dois dias, despediu-se Tomás do capitão e em cinco chegou a Florença, tendo visto primeiro Luca, uma cidade pequena e bem arrumada, na que os espanhóis são mais bem vistos e recebidos que em outras regiões da Itália. Gostou muito de Florença pela sua agradável recepção, pela sua limpeza, pelos suntuosos edifícios, pelo fresco rio e pelas suas agradáveis ruas. Ficou na cidade durante quatro dias e depois partiu para Roma, rainha das cidades e senhora do mundo. Visitou os seus templos, adorou as suas relíquias e admirou sua grandeza. E assim, como se conhece a grandeza e braveza do leão pelas suas unhas, julgou Roma pelos seus mármores despedaçados, pelas suas meias e inteiras estátuas, pelos seus arcos quebrados e caídas termas, por seus magníficos pórticos e anfiteatros, pelo seu famoso e santo rio, que sempre está cheio e beatifica a todos com as infinitas relíquias de corpos de mártires que nele tiveram sepultura; por suas pontes, que parecem que olham umas às outras, que somente pelo nome têm mais autoridade que todas as cidades do mundo: a via Ápia, a Flamínia, a Júlia, entre outras. Não se admirava menos com a divisão dos montes dentro da cidade: o Célio, o Quirinal e o Vaticano, com os outros quatro cujos nomes manifestam a grandeza e majestade romana. Notou também a autoridade do Colégio dos Cardeais, a majestade do Sumo Pontífice e a variedade de gentes e nações. E tendo andado à estação das sete igrejas, confessado com um sacerdote e beijado o pé de Sua Santidade, cheio de *agnus deis* e rosários, resolveu ir para Nápoles. Por ser época de mudança de estação, má para todos aqueles que entram ou saem de Roma por terra, decidiu ir por mar. A admiração que trazia na imaginação só aumentou ao ter visto Nápoles, cidade que a seu parecer, e de todos que a conheceram, é a melhor da Europa e do mundo inteiro.

Dali foi para a Sicília e viu Palermo e depois Micina. Achou Palermo bonita e bom lugar de pouso. De Micina gostou do porto e de toda a ilha pela abundância, que justificava ser chamada de celeiro da Itália. Voltou para Nápoles e Roma e foi a Nossa Senhora de Loreto, em cujo santo templo não viu paredes nem muralhas porque estavam todas cobertas com muletas, mortalhas, correntes, algemas, perucas, vultos de cera, pinturas e esculturas que davam indício das inumeráveis graças que muitos tinham recebido da mão de Deus, por intercessão de sua divina Mãe, que quis engrandecer a sua sacro-santa imagem autorizando aquela infinidade de milagres, em recompensa da devoção que lhe têm aqueles que com semelhantes altares decoram as paredes de sua casa. Viu o lugar onde se relatou a maior graça e a de maior importância que viu todos os céus, todos os anjos e todos os moradores das moradas sempiternas.

Embarcando em Ancona, foi para Veneza, cidade que, se não tivesse nascido Colombo, não haveria outra semelhante. Graças ao céu e ao grande Hernán Cortés, que conquistou o grande México, existe a outra Grande Veneza. Estas duas famosas cidades têm ruas parecidas, que são feitas de água. A da Europa, admiração do mundo antigo; a da América, espanto do mundo novo. Pareceu-lhe que sua riqueza era infinita, seu governo prudente, seu lugar invencível, muita sua abundância, seus contornos alegres e finalmente, toda ela em si e em suas partes digna da sua fama que se estende por toda a terra. Confirma esta verdade o seu famoso Arsenal, que é o lugar onde se fabricam as galeras e outros barcos sem número.

Por pouco tempo as naus foram o passatempo do nosso curioso em Veneza e faziam-no esquecer sua primeira experiência a bordo. Mas, tendo estado um mês ali, por Ferrara, Parma e Plasencia, voltou a Milão, escritório do deus Vulcano, ojeriza do reino da França, cidade, enfim, de que se podem dizer muitas coisas: magnífica por sua grandeza, por seu templo e pela maravilhosa abundância de todas as coisas necessárias para a vida humana. Dali foi até Aste e chegou a tempo de encontrar os soldados que no outro dia partiam para Flandres.

Foi muito bem recebido pelo seu amigo capitão e em sua companhia foi a Flandres. Chegou a Amberes, cidade não menos maravilhosa do que as que tinha visto na Itália. Viu Gante e Bruxelas e viu que todo o país se dispunha a tomar armas para começar a batalha no verão seguinte.

E tendo cumprindo o desejo que lhe moveu ver o que tinha visto, decidiu voltar para a Espanha e a Salamanca para acabar os estudos. Triste por sua partida, ao despedir-se, seu companheiro lhe rogou que lhe mandasse notícias da sua saúde, chegada e sucesso. Prometeu tal como o pedia e voltou para a Espanha pela França, sem ter visto Paris, que estava armada. Finalmente, chegou a Salamanca, onde foi bem recebido pelos seus amigos e, com a comodidade que lhe proporcionaram, prosseguiu seus estudos até graduar-se como licenciado em leis.

Aconteceu que naquele tempo chegou à cidade uma dama de toda a pompa e circunstância. Acudiram a seu chamado todos os pássaros do lugar, sem ficar nenhum que não a visitasse. Disseram a Tomás que aquela dama dizia que tinha estado na

Itália e em Flandres. Para ver se a conhecia, foi visitá-la, com cuja visita e vista, ficou ela apaixonada por Tomás. E ele, não veria isso, se não fosse à força e levado pelos outros. Finalmente, ela lhe revelou seu desejo e ofereceu-lhe sua companhia. Mas, como ele estava mais atento aos seus livros que a outros passatempos, não respondia de nenhum modo aos desejos da senhora, que ao ver-se desdenhada se aborreceu. Como por meios normais não conseguiria conquistar a boa vontade de Tomás, decidiu buscar outros, a seu parecer bastante mais eficazes para cumprir os seus desejos. Aconselhada por uma moura, em um marmelo de Toledo deu a Tomás uma coisa que chamam feitiço, acreditando que assim forçaria sua vontade a querê-la: como se houvesse no mundo das ervas encantos e palavras suficientes para forçar o livre arbítrio. Assim, as mulheres que dão estas comidas e bebidas para o amor as chamam *venefícios* porque não fazem outra coisa que dar veneno a quem as toma, como está comprovado pela experiência em diversas ocasiões.

Tomás comeu com tão má vontade o marmelo que no mesmo instante começou a ter ataques de epilepsia. Esteve fora de si durante muitas horas. Voltou meio tonto e disse com língua travada e gaga que o marmelo que tinha comido o tinha matado e declarou quem o tinha dado. A justiça, que teve notícia do caso, foi procurar a malfeitora, mas ela, vendo o insucesso do seu feitiço, escondeu-se e não apareceu jamais.

Tomás esteve de cama por seis meses, nos quais emagreceu e, como se costuma dizer, ficou pele e osso. Além disso, tinha a razão perturbada. Ainda que lhe dessem os remédios possíveis, só conseguiram curar a doença do corpo, não a do entendimento, porque ficou são e louco, da mais estranha loucura que entre as loucuras se viu até hoje. O coitado imaginou que estava todo feito de vidro e com esta fantasia, quando alguém chegava perto dele, gritava pedindo com palavras e explicações que não se aproximassem porque lhe quebrariam, que ele não era igual aos outros homens porque estava feito de vidro dos pés a cabeça.

Para tirar-lhe desta estranha fantasia, muitos sem atender seus gritos e pedidos o abraçavam, dizendo que visse como não quebrava. O que acontecia nestes casos era que o coitado se jogava ao chão dando gritos, logo desmaiava e não voltava a si em quatro horas. Quando voltava, reiniciava os pedidos de que não voltassem a aproximar-se dele. Pedia que falassem com ele a distância e perguntassem o que quisessem porque responderia a todos com mais entendimento por ser homem de vidro e não de carne: que o vidro, por ser de matéria sutil obrava na alma com mais prontidão e eficácia que no corpo de carne, pesado e terrestre.

Alguns quiseram saber se era verdade o que dizia e então lhe perguntaram muitas e difíceis coisas, as quais respondeu espontaneamente com grande agudeza de engenho. Fato que causou admiração nos letrados da Universidade e nos professores de Medicina e Filosofia, ao ver que em um sujeito que continha tão extraordinária loucura (de pensar que era de vidro), coubesse tão grande entendimento que respondesse a todas as perguntas com propriedade e agudeza.

Tomás pediu que lhe dessem alguma roupa larga para vestir aquele vaso quebradiço que era seu corpo, porque tinha medo de quebrar ao vestir uma roupa mais justa. E assim lhe deram uma roupa parda, com uma camisa bem larga, que ele vestiu com todo o cuidado e ajustou com uma corda de algodão. Não quis calçar sapatos de jeito nenhum e a ordem que deu para que lhe dessem de comer foi a de pôr na ponta de uma vara um urinol, no qual colocavam um pouco de fruta da época. Não queria carne nem peixe. Não bebia, a não ser nos rios e com as mãos. Andava no meio da rua, olhando para os telhados, temeroso que caísse alguma telha e o quebrasse. Nos verões, dormia no campo a céu aberto e nos invernos, ia a alguma hospedaria e cobria-se com palhas até a garganta, dizendo que aquela era a mais apropriada e segura cama para um homem de vidro. Quando trovejava, tremia, ia ao campo e não entrava em nenhum povoado até que tivesse passado a tempestade.

Seus amigos o mantiveram sem sair durante algum tempo, mas vendo que a desgraça não acabava, decidiram conceder-lhe o que ele lhes pedia, que era que o deixassem livre. E assim o deixaram, e ele saiu pela cidade, causando admiração e pena em todos os que o conheciam.

Logo o cercaram os meninos, mas ele os detinha com a vara e pedia que falassem de longe para que não se quebrasse porque era um homem de vidro muito sensível e quebradiço. Os meninos, que são a mais travessa geração do mundo, apesar dos seus pedidos e gritos, começaram a atirar-lhe trapos e pedras, para ver se era de vidro, como dizia. Mas, ele gritava tanto e com tal força que movia os homens a brigar com os meninos e castigá-los por lhe atirarem coisas.

Um dia que o incomodaram muito, disse-lhes:

— Que querem comigo, meninos inoportunos como moscas, sujos como carrapatos, atrevidos como pulgas? Por acaso sou o monte dos Testos de Roma para que me atirem tantos cestos e telhas?

Para escutar-lhe brigar e responder a todos, sempre o seguiam muitos, e os meninos acharam que era melhor ouvi-lo que arremessar-lhe coisas.

Passando uma vez pela tinturaria de Salamanca, disse-lhe a tintureira:

— Na minha alma, senhor Licenciado, me pesa a sua desgraça, mas que farei, já que não posso chorar?

Ele se voltou a ela e calmamente lhe disse:

— *Filiae Hierusalem, plorate super vos et super filios vostros.*

O marido da tintureira entendeu a malícia do dito e disse-lhe:

— Irmão Licenciado Vidraça (que assim dizia que se chamava), mais você tem de malvado que de louco.

— Não me interessa se tenho algo de louco, respondeu ele.

Passando pela casa das prostitutas, viu que estavam na porta muitas de suas moradoras e disse que eram bagagens do exército de Satanás que estavam alojadas na casa do inferno.

Um dia alguém lhe perguntou que conselho ou consolo daria a um amigo que estivesse triste porque sua mulher o tinha abandonado por outro.

Ao que respondeu:

— Diz-lhe que dê graças a Deus por ter permitido que a levasse o inimigo de casa.

— Então não deve ir procurá-la? – disse o outro.

— Nem em pensamento! – replicou Vidraça – Porque a encontrando seria encontrar um perpétuo e verdadeiro testemunho da sua desonra.

— Já que isso é assim – disse o mesmo – que faço eu para ter paz com a minha mulher?

Respondeu-lhe:

— Dá-lhe o que ela quiser, deixa que mande em todos da casa e não sofras por ela mandar em ti.

Disse-lhe um rapaz:

— Senhor Licenciado Vidraça, eu quero me livrar do meu pai porque me bate muitas vezes.

Respondeu-lhe:

— Vê, menino, que os açoites que os pais dão aos filhos honram e os do verdugo afrontam.

Estando na porta de uma Igreja, viu que entrava um lavrador dos que sempre se orgulhavam de dizer que eram cristãos velhos e atrás dele vinha outro que não se achava tão importante como o primeiro. O Licenciado gritou ao lavrador:

— Espere Domingo, que passe antes o sábado.

Dizia que os professores da escola eram felizes, pois sempre trabalhavam com anjos e que eram felicíssimos se os anjinhos não fossem ranhentos.

Outro lhe perguntou o que achava das alcoviteiras. Disse que não eram as que estavam longe, mas as vizinhas.

A notícia de sua loucura e de suas respostas se estendeu por toda Castilha. Um príncipe que estava na Corte, pediu que o trouxessem até ele. Encarregou um cavaleiro amigo seu, que estava em Salamanca, que o fizesse. Topando-se o cavaleiro com Vidraça, disse-lhe:

— Saiba o senhor Licenciado Vidraça que uma grande pessoa da Corte quer vê-lo e me envia para buscá-lo.

Ao que respondeu:

— Vossa mercê se desculpe por mim com esse senhor, que eu não sou bom para estas coisas de palácio, porque sou tímido e não sei lisonjear.

Com isso, para conseguir levá-lo à Corte, o cavaleiro usou a seguinte invenção: colocaram-lhe em uma recâmara de palha, como aquelas em que se leva vidro. Colocaram entre as palhas alguns vidros, para que se desse a entender que como vaso de vidro o levavam. Chegou de noite a Valladolid e desembarcaram-no na casa do senhor que o tinha solicitado, por quem foi muito bem recebido. Disse-lhe:

— Seja muito bem-vindo, senhor Licenciado Vidraça. Como foi a viagem? Como vai a sua saúde?

Ao que respondeu:

— Não há nenhum caminho ruim, senão o que conduz até a forca. De saúde estou estável, porque meus pulsos e cérebro estão encontrados.

No outro dia, vendo muitas gaiolas com pássaros de caça, disse que a caça de aves era digna de príncipes e grandes senhores, e que a caça de lebres era gostosa, ainda mais quando se caçava com cachorros alheios.

O cavaleiro gostou da sua loucura e deixou que saísse pela cidade, com a condição de que um homem estivesse atento a que os meninos não lhe fizessem mal. Em seis dias foi conhecido pelos meninos e pela Corte e, a cada passo, em cada rua e em qualquer esquina, respondia a todas as perguntas que lhe faziam. Um estudante perguntou se era poeta, porque lhe parecia que tinha habilidade para tudo.

Ao que respondeu:

— Até agora não fui tão louco, nem tão bem-aventurado.

— Não entendo isso de louco e bem-aventurado — disse o estudante.

E respondeu Vidraça:

— Não fui tão louco para ser um mau poeta, nem tão bem-aventurado para ser um bom.

Outro estudante lhe perguntou se estimava os poetas. Respondeu que estimava muito a ciência e nada os poetas. Perguntaram-lhe porque dizia aquilo. Respondeu que do número infinito de poetas que existia, eram tão poucos os bons que quase não formavam número. Deste modo, como houvesse poetas, não os estimava, mas admirava e reverenciava a ciência da poesia porque trazia em si todas as outras ciências: porque se serve de todas, de todas se adorna e dá a conhecer coisas maravilhosas, com que enche o mundo de proveitos, de deleite e de maravilha.

Acrescentou ainda:

— Sei bem no que se deve estimar um bom poeta, porque me lembro daqueles versos de Ovídio que dizem:

Cum ducum fuerant olim Regnumque poeta:
premiaque antiqui magna tulere chori.
Sanctaque maiestas, et erat venerabile nomen
vatibus; et large sape dabantur opes.

— E também não me esqueço da alta qualidade dos poetas, pois Platão os chama de intérpretes dos deuses. E deles diz Ovídio:

Est Deus in nobis, agitante calescimus illo.

E também diz:

At sacri vates, et Divum cura vocamus.

— Isto se diz dos bons poetas; que dos maus, dos charlatões, que se pode dizer a não ser que são a idiotice e arrogância do mundo?

O Licenciado Vidraça

E disse mais:

— O que é ver um destes poetas de primeira impressão quando quer ler um soneto a outros que lhe rodeiam e começam dizendo: "Vossas Mercedes escutem um sonetinho que eu fiz ontem à noite que a meu parecer não vale nada, mas tem um não sei o que bonito"! E nisso torce os lábios, põe em arco as sobrancelhas e coça o bolso e entre outros mil papéis sujos e rasgados, onde estão outros milhares de sonetos, tira o que quer ler e o lê com tom doce e afeminado. E se os que o escutem, ignorantes, não o enaltecem, diz: "Vossas Mercedes não entenderam o soneto ou eu não soube lê-lo e assim, o repetirei e Vossas Mercedes prestem muita atenção, porque na verdade o soneto merece". E volta a recitá-lo com novos ademãos e novas pausas. E o que é ver um censurando o outro? Que se pode dizer dos latidos do filhote ante o latir grave do antigo? E o que falar do que murmuram de alguns ilustres sujeitos, nos quais resplandece a verdadeira luz da poesia; que a tomando como alívio e entretenimento de suas muitas ocupações, mostram a divindade do seu engenho e a alteza de seus conceitos, a despeito e pesar do circunspecto ignorante que julga o que não sabe e aborrece-se com o que não entende?

Outra vez lhe perguntaram por que a maior parte dos poetas era pobre. Respondeu que era porque eles queriam, pois só dependia deles ser ricos, se sabiam aproveitar a ocasião que muitos tinham em suas mãos, que eram as suas damas, já que todas eram extremamente ricas: pois tinham cabelo de ouro, o rosto reluzente de prata, os olhos verdes de esmeralda, os dentes de marfim, os lábios de coral, a garganta de cristal transparente, que choravam pérolas líquidas, que o que os seus pés pisavam, por muito que fosse dura e estéril a terra, imediatamente produziam jasmins e rosas, que seu hálito era puro âmbar e almíscar e que todas estas coisas eram sinal e mostra de muita riqueza. Dizia estas e outras coisas dos maus poetas, que dos bons sempre falou bem e elevou-os mais alto que a lua.

Viu um dia na rua de São Francisco umas figuras mal pintadas e disse que os bons pintores imitavam a natureza, mas que os maus a vomitavam.

Foi um dia com muito cuidado, para não se quebrar, a uma livraria e disse ao livreiro:

— Gostaria muito de ter este trabalho se não fosse por uma coisa.

Perguntou o livreiro o que era. Respondeu-lhe:

— Os melindres que fazem quando compram o direito de um livro e da burla que fazem com seu autor se por acaso se imprime às suas custas. Pois em lugar de mil e quinhentos imprimem três mil livros e quando o autor pensa que vendem os seus mil e quinhentos, vendem os outros.

Aconteceu que neste mesmo dia passaram pela praça seis açoitados e diziam em voz alta: "Ao primeiro, por ladrão". Disse aos que estavam na frente dele:

— Afastem-se irmãos, não comecem a conta por algum de vocês, disse.

— Aquele deve ser o fiador dos meninos.

Um menino lhe disse:

— Irmão Vidraça, amanhã açoitam a uma alcoviteira.

Respondeu-lhe:

— Se você dissesse que iam açoitar um alcoviteiro, entenderia que açoitariam uma fruta podre.

O Licenciado Vidraça

Estava ali um destes carregadores de cadeiras e disse-lhe:

– E de nós, Licenciado, não tem nada o que dizer?

– Não – respondeu Vidraça – só que cada um de vocês conhece mais pecado que um confessor, mas com uma diferença: o confessor os conhece para guardá-los em segredo e vocês para torná-los públicos nas tavernas.

Escutou isso o moço que cuidava das mulas, porque todo o tipo de gente o estava escutando e disse-lhe:

– De nós, pouco ou nada tem a dizer, porque somos gente de bem e necessários para a República.

Ao que respondeu Vidraça:

– A honra do amo revela a do criado. Segundo isso, veja a quem serve e verá o quanto é honrado: você é empregado do mais canalha que vive na terra. Uma vez, quando não era de vidro, andei em uma mula de aluguel e contei-lhe cento e vinte e um defeitos, todos capitais e inimigos do gênero humano. Todos os moços de mula têm seu quê de perverso, ladrão e estafador. Se os que levam são estrangeiros, os roubam; se são estudantes, os maldizem; se são religiosos, os renegam e se são soldados, têm medo. Os moços de mula, os marinheiros, os carroceiros e os tropeiros têm um modo de vida extraordinário e único: o carroceiro passa a maior parte da vida de um lugar para outro. Ao dizer: "Monte-se a carga", colocam demais e se por acaso precisam tirar alguma roda de algum atoleiro, mais lhe ajudam dois xingamentos do que três mulas. Os marinheiros são gentis, não urbanos, não conhecem outra língua que a usada nos navios; na bonança são diligentes e na tempestade preguiçosos; na tormenta mandam muitos e obedecem poucos; os tropeiros são pessoas que se separaram dos lençóis e se casaram com a estrada;

são tão diligentes e apressados que, para não perder uma jornada, perdem a alma; sua música é a do pilão; seu molho, a fome; suas vésperas, levantar para dizer o que pensam; e suas missas, não ir a nenhuma.

Quando dizia isto, estava na porta de um boticário e voltando-se para o dono, disse-lhe:

— Vossa mercê teria um ofício saudável, não fosse por ser tão inimigo dos cândis.

— Como sou inimigo dos cândis? – perguntou o boticário.

E respondeu Vidraça:

— Digo isto porque, faltando qualquer óleo, o supre o óleo do candil que está à mão. E ainda há outra coisa neste ofício capaz de tirar a credibilidade do médico mais reconhecido do mundo.

Perguntou-lhe o que era e respondeu-lhe que existia boticário que, para não dizer que faltava em sua botica o que receitava o médico, trocava as coisas que faltavam por outras que achava ter a mesma virtude e qualidade. Quando agiam assim, o remédio mal feito tinha efeito contrário ao que deveria ter.

Então alguém lhe perguntou o que achava dos médicos e respondeu isto:

— *Honora medicum propter necessitatem, etenim creavit eum Altissimus. A Deo enim est omnis medela, et a rege accipiet donationem. Disciplina medici exaltavit caput illius, et in conspectu magnatum collaudabitur. Altissimus de terra creavit medicinam, et vir prudens non ab[h]orrebit illam.* Isto diz o *Eclesiástico* da medicina e dos bons médicos. Dos maus poderia se dizer o contrário, porque não há gente mais prejudicial à República do que eles. O juiz pode mudar ou aumentar a justiça; o letrado, sustentar para seu interesse nossa demanda; o comerciante, roubar-nos dinheiro; finalmente, todas as pessoas com quem necessariamente tratamos nos podem fazer algum mal; mas, tirar-nos a vida, sem ficar sujeitos ao temor do castigo, nenhum. Somente os médicos nos podem matar e matam-nos sem temor e de pé juntos, sem levantar nenhuma espada a não ser uma receita. E não há como descobrir seus delitos porque eles rapidamente vão para baixo da terra. Lembro-me de que quando eu era homem de carne, e não de vidro como agora sou, um médico deixou um paciente para que lhe cuidasse outro médico. O primeiro, depois de quatro dias, passou pela botica onde receitava o segundo e perguntou ao boticário como ia o doente que tinha deixado e se o outro médico lhe tinha receitado alguma outra coisa. O boticário lhe respondeu que ali tinha a receita. Pediu que a mostrasse e viu que no fim dela estava escrito: *Sumạt dilúculo* e disse: "Tudo o que leva esta receita me parece acertado, menos este *dilúculo* porque é muito úmido".

Por estas e outras coisas que dizia de todos os ofícios, andavam todos atrás dele sem fazer-lhe mal e sem deixar-lhe quieto; mas, não podia se proteger dos meninos se o seu guardião não o defendesse. Alguém lhe perguntou o que deveria fazer para não sentir inveja de ninguém. Respondeu-lhe:

— Dorme. Porque todo o tempo que estiver dormindo será igual ao que invejaria.

Outro lhe perguntou que solução teria para vender uma carga que já esperava há dois anos. E disse-lhe:

— Parta a cavalo na mira de quem a leva e acompanhe-o até que saia da cidade e assim a venderá.

Uma vez por acaso passou na sua frente um juiz que ia a caminho de uma causa criminal e levava muitas pessoas com ele, além de dois soldados. Perguntou quem era e depois que lhe disseram, disse:

— Apostaria que aquele juiz tem raiva no coração, arma na cintura e raios nas mãos para destruir tudo aquilo que lhe for permitido. Lembro de ter tido um amigo que, acompanhando um processo deste juiz, viu que ele deu uma sentença tão exorbitante, que excedia em muito a culpa dos delinqüentes. Perguntei-lhe por que havia dado aquela tão cruel sentença e de tão manifesta injustiça. Respondeu-me que a idéia era permitir que apelassem e que com isso deixaria campo aberto aos desembargadores do tribunal para mostrar sua misericórdia, moderando e pondo aquela rigorosa pena no ponto da devida proporção. Respondi-lhe que teria sido melhor que a tivesse dado de modo que esse trabalho não fosse necessário e que o tivessem por juiz reto e acertado.

Entre as muitas pessoas que, como já se disse, sempre o escutavam, havia um conhecido seu vestido de letrado, que foi chamado de *Senhor Licenciado*. Sabendo Vidraça que aquele que era chamado Licenciado não era nem Bacharel, disse-lhe:

— Cuidado, compadre, que os freis da redenção dos cativos não dêem com teu título, pois te tomariam por ignorante.

Ao que disse o amigo:

— Tratemo-nos bem, senhor Vidraça, pois como bem sabe, sou homem de altas e profundas letras.

Respondeu Vidraça:

— Já sei bem que és um Tântalo nas letras, porque fogem de ti por altas e não consegues alcançá-las de tão profundas.

Estando uma vez numa alfaiataria, cujo alfaiate estava desocupado, disse-lhe:

— Senhor mestre que está a caminho da salvação.

— Onde vês isso? – perguntou o alfaiate.

— Onde vejo? – respondeu Vidraça – Vejo que, em não tendo nada para fazer, não tem nada para mentir.

E acrescentou:

— Infeliz do alfaiate que não mente e costura roupas de festa. Em quase todos desta profissão apenas há um que faça um vestido justo, havendo tantos que façam vestidos pecadores.

Dos sapateiros jamais dizia isso porque se o sapato era estreito e apertado diziam que assim tinha que ser, por ser elegante calçar sapatos justos, e que depois de duas horas de uso ficariam mais largos que alpargatas. Se viessem largos, diziam que assim tinham que ser, por respeito à gota.

Um menino esperto que era escrivão da Província lhe fazia muitas perguntas e demandas e contava-lhe as novidades da cidade, porque o Licenciado sobre tudo discorria e a tudo respondia. O menino lhe disse uma vez:

— Vidraça, esta noite morreu na cadeia um usurpador que estava condenado à forca.

Ao que respondeu:

— Bem fez ele em dar-se pressa em morrer antes que o verdugo o fizesse.

Na rua de São Francisco havia um grupo de genoveses e, ao passar por ali, um deles o chamou, dizendo-lhe:

— Aproxime-se, senhor Vidraça, e conte-nos uma história.

Ele respondeu:

— Não quero, para que vocês não tenham que contá-la em Gênova.

Topou uma vez com uma lojista que estava com a sua filha

que era muito feia, mas cheia de jóias, brocados e pérolas e disse à mãe:

— Muito bem faz a senhora em adorná-la, pois assim pode passear com ela.

Dos confeiteiros disse que há muitos anos brincavam de multiplicar, sem que com isso ficassem envergonhados. Tinham feito que o bolo de dois fosse a quadro, o de quadro, a oito; e o de oito, a meio real, por sua vontade e prazer.

Dos marioneteiros falava horrores: dizia que era gente vagabunda que tratava com indecência as coisas divinas, porque com as marionetes transformavam a devoção em riso e colocavam em um só saco todas as figuras do Novo e do Velho Testamento. Além disso, sentavam-se para beber e comer nas bodegas e tavernas e, quem poderia retirá-los da cidade, calava-se.

Coincidiu passar por ele um comediante vestido de príncipe e, vendo-o, disparou-lhe:

— Lembro ter visto este saindo do teatro com o rosto pintado e vestido com uma roupa pelo avesso e, apesar disso, a cada passo que dá fora do tablado, jura com fé ser fidalgo.

— Deve ser — respondeu — porque existem muitos comediantes, muito bem nascidos e fidalgos.

— Isto é verdade — replicou Vidraça — mas o que o teatro precisa é de pessoas bem nascidas, galãs, homens engraçados e de expeditas línguas. Também posso dizer deles que com o suor do seu rosto ganham seu pão com um cansativo trabalho. Memorizando continuamente, como eternos ciganos, de lugar em lugar, de restaurantes a tabernas, desvelando-se em alegrar os outros porque o prazer alheio consiste no seu bem próprio. Além disso, o seu trabalho não engana ninguém, pois por instantes colocam seu produto em praça pública, ao juízo e à vista de todos. O trabalho dos atores é incrível e seu cuidado, exemplar. Precisam ganhar muito para que no final do ano não terminem tão endividados que sejam forçados a declarar falência. E, com tudo isso, são tão necessários à República como o são as florestas, as alamedas, os lugares de diversão e as coisas que honestamente divertem.

Era opinião de um amigo seu que apenas uma comediante servia para muitas damas juntas: uma rainha, uma ninfa, uma deusa, uma criada, uma pastora. Muitas vezes tinham a sorte de que representasse a um pajem e a um lacaio, que a farsante todas estas figuras pode representar.

Alguém lhe perguntou qual havia sido o comediante mais feliz do mundo. Respondeu que *Nemo*; porque *Nemo novit Patrem. Nemo sine crimine, Nemo sua sorte contentus, Nemo ascendit in coelum.*

Dos toureiros disse uma vez que eram mestres de uma ciência ou arte, mas que quando era preciso, não a sabiam, já que queriam reduzir a equações matemáticas – que são infalíveis – os movimentos e pensamentos coléricos de seus adversários. Com os que pintavam a barba, tinha particular inimizade e uma vez dois homens brigaram na sua frente, um dos quais era português. Este disse ao espanhol, segurando a sua barba que estava muito pintada:

— *Por estas barbas que tenho no rosto!*

Ao qual disse Vidraça:

— *Olha homem, não digas tenho, mas tinjo!*

Outro tinha a barba grisalha e de muitas cores, culpa da tinta de má qualidade; a quem Vidraça disse que tinha as barbas de chiqueiro. A outro, que por descuido tinha a barba metade branca, metade preta e as raízes crescidas, disse-lhe que não teimasse nem brigasse com ninguém porque se arriscava a que lhe dissessem que sua palavra era igual a sua barba, só valia pela metade.

Uma vez contou que uma distinta e culta donzela, para satisfazer a vontade de seus pais, se casaria com um velho grisalho, o qual na noite anterior a de núpcias não acudiu ao rio Jordão, como dizem as velhas lendas, mas à vasilha de aguarrás e prata, que muito renovou a sua barba, dormida como neve e acordada como tempestade. Chegada a hora de se darem as mãos, a donzela reconhecendo pela pinta e pela tinta a figura, disse a seus pais que lhe dessem o mesmo marido que lhe tinham mostrado e que não queria outro. Eles lhe disseram que aquele que tinha na frente era o mesmo que tinham lhe mostrado e outorgado por marido. Ela contestou e trouxe testemunhas de que seus pais lhe tinham escolhido um homem sério e grisalho e que já que o presente não era ele, tudo era um engano. Ateve-se a isso, correu-se o tingido e desfez-se o casamento.

Com as matronas tinha a mesma ojeriza que com aqueles que pintavam o cabelo. Falava maravilhas de sua rigidez, dos tecidos de suas toucas, de seu jeito afetado, dos seus escrúpulos e de sua extraordinária avareza. Abominavam-lhe seus queixumes de estômago, suas dores de cabeça, seu modo de falar, com mais detalhes que suas toucas; e finalmente, sua inutilidade e seus bordados.

Alguém lhe disse:

— Que é isto senhor Licenciado? Escutei-o falando mal de

muitos ofícios e nunca o escutei falando dos escrivães, de quem se tem tanto a dizer.

Ao que respondeu:

— Ainda que seja de vidro, não sou tão volúvel que me deixe levar pelo que diz o povo, muitas vezes enganado. Parece-me que a gramática dos murmuradores e o *lá, lá, lá* que cantam são os dos escrivães. Assim como não se pode passar a outras ciências, senão pela porta da gramática e como o músico primeiro murmura e depois canta, assim os maldizentes começam a mostrar a malignidade de sua língua falando mal dos escrivães e soldados e de outros ministros da justiça, sendo que sem o ofício de escrivão a verdade andaria pelo mundo, na sombra dos telhados, encolhida e maltratada. Assim diz o *Eclesiástico: In manu Dei potestas hominis este, et super faciem scribe imponet honorem*. O escrivão é pessoa pública e o ofício de juiz não pode ser exercido corretamente sem o seu. Os escrivães devem ser livres, e não escravos, nem filhos de escravos: legítimos, não bastardos, nem nascidos de alguma raça má. Juram fidelidade e que não farão escritura usurária, que nem amizade, nem inimizade, ganho ou perda os moverá para cumprir seu ofício com boa e cristã consciência. Pois se este ofício requer tantas coisas boas, por que se há de pensar que os mais de vinte mil escrivães que há na Espanha são maus, e ganha o diabo a colheita? Não quero crer nisto, nem é bom que alguém creia, porque finalmente digo que são as pessoas mais necessárias para a República bem organizada.

Dos soldados disse que não era de estranhar que tivessem inimigos, já que seu ofício era ou prender, ou cobrar o imposto, ou vigiar e comer a custa dos outros. Acentuava a negligência e ignorância dos procuradores e solicitadores, comparando-os aos médicos, que, curando ou não o doente, levavam seu salário do mesmo modo que os procuradores e solicitadores pois recebiam saindo ou não o pleito.

Um jovem lhe perguntou qual era a melhor terra. Respondeu que a mais jovem e agradecida. Replicou:

— Não pergunto isso, senão qual o melhor lugar: Valladolid ou Madri?

Vidraça respondeu:

— De Madri, os extremos; de Valladolid, os meios.

— Não entendo — respondeu o que perguntava.

E explicou:

— De Madri, céu e chão; de Valladolid, entre o céu e o chão.

Vidraça ouviu um homem dizer ao outro que a sua mulher, mal tendo entrado em Valladolid, tinha ficado muito doente, porque a terra tinha lhe posto em prova.

Ao que disse Vidraça:

— Melhor que a tivesse comido, porque é ciumenta.

Dos músicos e dos correios a pé dizia que tinham pouca esperança e sorte, porque estes seriam como muito correios a cavalo e aqueles, músicos do rei. Das damas que chamam cortesãs dizia que todas, ou a maioria, tinham mais de corteses do que de saudáveis.

Estando um dia em uma igreja, viu que traziam um velho para enterrar, um menino para batizar e uma mulher para velar, tudo ao mesmo tempo. Disse que os templos eram campos de batalha, onde os velhos acabam, os meninos vencem e as mulheres triunfam.

Uma vez uma vespa lhe picou o pescoço e não ousava tirá-la porque tinha medo de se quebrar, mas mesmo assim se queixava.

Então, alguém lhe perguntou como sentia a picada da vespa se seu corpo era de vidro. Respondeu que aquela vespa deveria ser murmuradora e que as línguas e bicos dos murmuradores eram capazes de destruir corpos de bronze, quanto mais de vidro.

Passando por acaso um religioso muito gordo por onde ele estava, disse um dos seus ouvintes:

— O padre não consegue se mover de tão tísico.

Vidraça ficou bravo e disse:

— Ninguém se esqueça do que diz o Espírito Santo: *Nolite tangere christos meos*.

E aumentando sua cólera disse que se dessem conta que dos muitos santos que em poucos anos a igreja tinha canonizado nesta região, além dos bem-aventurados, nenhum se chamava capitão Dom Fulano, nem o secretário Dom Tal de Dom Tais, nem o Conde, Marquês ou Duque de tal parte, mas Frei Diego, Frei Jacinto, Frei Raimundo, todos freis e religiosos; porque as religiões são as árvores do céu, cujos frutos, freqüentemente, sentam-se na mesa de Deus.

Dizia que as línguas dos murmuradores eram como as plumas da águia: que roem e acabam com todas as asas das outras aves que se juntam a elas. Dos jogadores de carta dizia horrores: que eram prevaricadores públicos, porque colocando a aposta com aquele que ia ganhando, desejavam que perdesse e que passasse o naipe adiante para que eles ganhassem o apostado. Admirava a paciência de um jogador que passava toda a noite jogando e perdendo, mesmo sendo de caráter colérico e endemoniado, para que seu adversário não o abandonasse, não abria a boca e sofria como o mártir de Barrabás. Admirava também a consciência de alguns jogadores honrados que não permitiam que nem de brincadeira em sua casa se jogassem jogos de aposta e com isto, lentamente e sem temor e jeito de maus, ganhavam mais dinheiro do que em muitos outros jogos.

Em resumo, ele dizia tantas coisas que, se não fosse pelos gritos que dava quando lhe tocavam ou se aproximavam, pela roupa que vestia, pela maneira como se alimentava, pelo jeito que bebia, por não querer dormir a não ser em céu aberto no verão e nos palheiros no inverno, que davam sinais de loucura, ninguém poderia crer senão que era um dos mais prudentes do mundo.

Dois anos ou um pouco mais durou esta doença, porque um religioso da Ordem de São Jerônimo, que tinha graça e ciência em fazer com que os mudos entendessem e de certo modo falassem e em curar loucos, tomou para si, movido pela caridade, curar Vidraça. Curou-o, vestiu-lhe como letrado e o fez voltar para a Corte, onde, com tantas mostras de prudência, como as que havia dado de louco, podia exercer seu ofício e fazer-se conhecido por ele.

Assim o fez e chamando-se Licenciado Roda, voltou para a Corte. Mal tendo entrado, foi reconhecido por alguns meninos, mas como o viram tão diferente do que de costume, não ousaram gritar nem fazer perguntas, mas o seguiam e diziam uns para os outros:

— Este não é o louco Vidraça? Tenho certeza que é! E está lúcido! Mas também pode ser louco bem vestido, perguntemos-lhe algo para acabar com a dúvida.

Tudo isto escutava o licenciado e ficava quieto, ainda mais confuso do que quando estava sem juízo.

Os meninos contaram aos homens e, antes que o licenciado

O Licenciado Vidraça 233

chegasse ao pátio dos Conselhos, vieram atrás dele duzentas pessoas de todos os tipos. Com todo este acompanhamento, que era maior do que de um Titular, chegou ao pátio onde foi completamente cercado pelos que ali estavam. Vendo a confusão, ergueu a voz e disse:

— Senhores, eu sou o licenciado Vidraça, mas não o de antes: sou agora o licenciado Roda. Acontecimentos e desgraças ocorrem no mundo por permissão do céu. Tiraram-me o juízo, mas as misericórdias de Deus me devolveram. Para substituir as coisas que disse quando louco, podem tomar as que eu digo como são. Sou graduado em leis em Salamanca, onde estudei com pobreza e conclui a carreira: do que se pode inferir que a virtude, mais do que o privilégio, me deu o grau que tenho. Dali vim para a Corte para advogar e ganhar a vida, mas se não me deixarem, terei vindo conquistar a morte. Pelo amor de Deus, não façam do seguir-me o perseguir-me e o que eu alcancei como louco, que eu perca como são. O que vocês me perguntavam nas praças, perguntem-me agora na minha casa e verão que o que eu respondia bem de improviso, responderei melhor pensando.

Todos lhe escutaram e alguns foram embora. Voltou para a sua pousada com menos pessoas do que tinha levado. Saiu outro dia e foi a mesma coisa, deu outro sermão e não adiantou nada. Perdia muito e não ganhava nada e vendo-se morrer de fome, decidiu deixar a Corte e voltar para Flandres, onde pensava viver com a força de seu braço, já que não poderia se valer pela da sua inteligência.

E, pondo-se a caminho, disse ao sair da Corte:

— Ó Corte que aumenta a esperança dos atrevidos que pretendem alcançar-te, diminui a dos virtuosos, sustenta os ladrões desavergonhados e mata de fome os moderados.

Disse isto e foi a Flandres, onde a vida tinha começado a eternizá-lo pelas letras e terminaria eternizando-o pelas armas, na companhia do seu bom amigo, o capitão Valdívia, deixando fama com sua morte de prudente e valente soldado.

Tradução
Nylcéa Thereza de Siqueira Pedra

Revisão
Iara de Souza Tizzot
Fernanda Chichorro Baldin

Capa
Rafael Silveira

© Arte & Letra 2009

Todos os direitos reservados. Proibida a reprodução, no todo ou em parte, através de quaisquer meios.

C419q Cervantes, Miguel de
  Quatro novelas exemplares / Miguel de Cervantes ; tradução Nylcéa Thereza de Siqueira Pedra. – Curitiba : Arte & Letra, 2009.
  242p.

  Conteúdo: A Ciganinha, Rinconete e Cortadilho, O Amante Generoso e O Licenciado Vidraça
  ISBN 978-85-60499-16-8

  1. Literatura espanhola. 2. Romance espanhol. I. Pedra, Nylcéa Thereza de Siqueira. II. Título.

  CDU (2a. ed.) 821.134.2

Arte e Letra Editora
Rua Sete de Setembro, 4214 - sala 1202
Centro - Curitiba - PR - Brasil
CEP: 80250-210
Fone: (41) 3223-5302
www.arteeletra.com.br - contato@arteeletra.com.br